仲野教授の笑う門には病なし！

仲野徹
大阪大学医学部教授

ミシマ社

はじめに

エッセイ集を出すことになりました。って、「はじめに」を読んでるんやからわかってるわ！　と言われそうですが、なにしろそうなったんです。しかし、エッセイ集を出すって、ちょっとえらそうなことないですか。

広辞苑には、「エッセー【essai フランス・essay イギリス】①随筆。自由な形式で書かれた、思索性をもつ散文。②試論。小論。」とあります。なんといっても、その先駆者、フランスのモンテーニュによる『エセー』が有名です。だいぶ前に読んだので（ただし一部だけ）記憶は定かでありませんが、かなりハイブロウでした。日本語では随筆ですか。兼好法師に鴨長明ですな。となるとエッセイ集以上に重苦しいイメージがしてしまいます。

かといって「駄文集」とへりくだったりすると、誰も買ってくれそうにありません。やっぱりエッセイ集と呼ぶしかないかなぁと考えて、ええこと思いつきました。せっかくタイトルが『仲野教授の 笑う門には病なし！』なので、小エッセイ集ならぬ「笑エッセイ集」なんかどうでしょう。あかんか……。

そもそも、どうしてエッセイを書きためてあったか、です。モンテーニュのように（しつこい）自発的に書いた訳ではありません。平成二十六年から『日本医事新報』という雑誌に、最初の年だけは月に三回、二年目からは毎週、連載していたのであります。

じつは、なぜ執筆のご指名を受けたのかはよくわかっていませんでした。最近になって連載開始時の担当編集者さんに聞いたところ、うちの研究室へインタビューに来られた時に、「『冷たいコンクリートの阪大医学部の中にこんなおもろい先生がいるのか！』と驚き、『これはなんでもいいから医事新報に書いてもらわなければ！』」と思われたそうです。ひょっとすると、大阪大学がモデルともされる『白い巨塔』ならぬ、『面白い巨塔』を目指してほしかったのかもしれません。

日本医事新報といえば、今年、令和三年に創刊百周年を迎えた由緒ある医学雑誌で、当然のことながら、内容は超まじめです。それにふさわしいエッセイなど書けそうにありません。無理とちゃいますやろかとお伝えしたのですが、内容はなんでもいいですからということだったので、とりあえず一年やってみますとお引き受けした次第です。それが、むっちゃ好評で（あくまでも推定です）、ずるずると八年目に突入とあいなっておるのです。

連載のタイトルは「なかのとおるのええ加減でいきまっせ！」にさせてもらいました。「ええ加減でいきまっせ！」、標準語に翻訳すると「いい加減にいっちゃうよ！」というところでしょうか。ニュアンスがだいぶちがうような気がしますけど。自己肯定感が強いせいもあるのですが、なかなかええタイトルやないかなぁと思ってます。広辞苑をひくと「いい－かげん【好い加減】①よい程あい。適当。ほどほど。②条理を尽くさないこと。徹底しないこと。深く考えず無責任なこと。――以下略――」とあります。

私をそこそこ知る人は、なかのとおるの「ええ加減」を②のようなあまりよろしくない意味に解すような気がします。しかし、主観的には当然①でありますし、私をよく知る人には①の意味にとっていただけるはずです、というより、望むらくはそうとっていただきたく考えております。

まぁ、どっちゃでもええんですが、気持ちとしては、①が基本で、ちょっと②を振りかけて書き続けてきたつもりです。かのモンテーニュがエセーに書いているように（さらにしつこい）「私は私の意見を述べる。それがよい意見だからではなく、私自身の意見だからだ」といったところでしょうか。って、そんなええもんとちゃうかもしらんけど。

　真面目なところでは本職である医学や教育、エンタメ系としては僻地《へきち》旅行や趣味の義太夫《ぎだゆう》など、内容はきわめて多岐にわたっております。中には、鼻毛をごっそり抜いたり、語呂合わせを考えたり、バスが突っ込んできたり、といった、ちょっと聞いただけでは、なんやねんそれはと思われそうなものもあります。ただ、病気についてはほとんど出てきません。なにしろ『笑う門には病なし！』というタイトルどおり、おもろく笑いながら読んでもらって、明るく健康に過ごしてもらおうというのが目的の本なのですから、病気のことはいらんのです。ということにしておいてください。

　買うかどうか迷っておられる方のために、まずはこれを読んでみてください、と、とっておきの一本を選んでここにお知らせしようかと思いましたが、やめました。なんでやねん、ケチくさいと思われるかもしれませんが、どう転んでも営業的メリットがなさそうだからです。

　ひとつ選んで、それを読んでもらったとします。もし、それが面白いと思われなかったら最悪です。逆に、面白いと思ってもらえても、いちばんおもろいのを読んだからもうええわという人が出てきそうです。まぁ、あくまでも自己判断ではありますが、どれもがおもろいので、いちばんのを選ぶというのが困難という理由もあります。それに、すでに三五〇以上のエッセイから七七編を厳選してあるんですから、どれもがおもろいというのは当然といえば当然なんです。

なので、迷っておられる方は、ランダムに三つ四つ読んでみてください。そして、ひとつでもおもろいなぁというのがあれば、ぜひお買い求めください。読んでいるうちに、ええあんばいの「いい加減さ」が気持ちよくなってくるはずです。

ホンマかぁ？　と訝《いぶか》られる向きもあるかとは存じますが、ホンマです。自慢じゃないけれど、記憶力がいまひとつなので、昔に書いた内容はすっかり忘れてしまっていました。出版するにあたってあらためて読みなおしてみると、むっちゃおもろくて、自分自身がそうなっていったくらいですから間違いありません。

ではみなさん、私の過去数年にわたる（たぶん）おもろい思索にひたってくださいい。っちゅうほどたいそうなことではなくて、ゆるっと読んでみてください。もちろん、よし、笑うぞ！　と気合いを入れながら。そうしたら、何倍も楽しめるはずです。何卒、よろしくお願いいたします。

目次

第四章　隙あらば秘境を目指す（国内編）

第六章　ちょっと社会の話

第七章　なかのの師弟論

第八章　隙あらば秘境を目指す（国外編）

第九章　新しくて懐かしい老後

第十章　私はおせっかいおじさん

第一章

笑う門には病なし！

仮説の検証—鼻毛の巻

2018.04.21

鼻毛を一気にごっそり抜くグッズを見つけた。気持ちええんとちゃうん、と思って購入した。固形のワックスを電子レンジで加熱、水飴《みずあめ》みたいにして専用の棒にからみつけ、鼻の孔《あな》に突っ込む。ちょっと熱いけどがまん。二分ほどすると固まるので、エイッと抜く。文字通り根こそぎ、それもホントに一気に抜けてなかなか爽快である。そんなことして痛くないのかと思われるだろうが、当然のことながら、むちゃくちゃに痛い。かといって、泣くほどに痛くはない。のではあるが、反射のせいか、初めての時は涙がボロボロ出た。えらいもんで、二回目以降は、どれくらい痛いかがわかっているからだろう、落涙《らくるい》反射（というのか？）はなくなった。何事も経験というのは大事である。

以前、金属製の鼻毛抜きで鼻毛を大量に抜いたことがある。（↑しばらくの間、あおむけで寝たら咳が出続けて大変だったので、おすすめしません。）その時、ひょっとしたら鼻毛は伸びながら太くなるのではないかという、毛髪では認められない現象の仮説を提示しておいた。なんとうれしいことに、このたび、めでたくそれが検証できた。

鼻毛抜きで抜くことができる鼻毛というのは、ある程度以上の長さのものに限られる。

しかし、このグッズは違う。鏡で覗《のぞ》き見てもほとんどわからないような一ミリ程度の短いものまですべてを抜くことができるのだ。結果は一目瞭然だった。うんと短い鼻毛はびっくりするほど細い。きちんと計測してないから正確なところはわからないけれど、見た目には、同じ長さの鼻毛はおおよそ同じくらいの太さである。

いたく感動した。金属性の鼻毛抜きで鼻毛を抜いた際の私の観察眼の鋭さに、ではない。あらたな方法論を用いると、それまでもやもやしていたことが一気に解明される、ということにである。生業《なりわい》としている科学研究とまったく同じじゃないの。

もうひとつ、面白いことに気がついた。鼻毛の伸びるスピードである。一気に毛根から抜いて、用意ドンで生え始めるのだから、伸びる期間は同じなのに、部位によって長さに大きな違いがある。そして、その伸び方の分布は左右でほぼ対称だ。

ということは、鼻毛の毛根には部位特異的な違いがあるということになる。はたしてそれは鼻毛幹細胞《かんさいぼう》の性質の違いによるのか、それとも数の違いによるのか。一問解けてまた一問。世に不思議さのタネはつきまじ。さて、イグノーベル賞をねらおうか。

なかののつぶやき

ごっそり抜いた鼻毛における白髪の分布にはパターンがなさそうなので、色素幹細胞の喪失は、ランダムに生じるようです。実物写真を掲載しようかと思いましたが、不快に思われそうなのでやめておきます。

楽あれば苦あり

2018.03.03

がん検診や人間ドックを受診しているかどうか、ミステリー作家である畏友・久坂部《くさかべ》羊《よう》君が、医学部の同級生にアンケートをとったことがある。大半は受けていない、という結果であった。私は少数派で、人間ドックも大腸ファイバーも小まめに受診している。

意外に慎重と思われるかもしれない。けれど、私的解釈はちょっと違う。いきなり治療困難な進行胃がんや大腸がんが見つかったりしたら、きっと、あぁ検査を受けておいたらよかったのに、と激しく後悔するにちがいない。そのような小心にしてうじうじとした自分の性格を勘案《かんあん》しての受診である。

人間ドックは二十年ほどになるが、大腸ファイバーは十年ほど前から。医師の友人から、絶対にやるべきだと言われたのがきっかけで、以来二年に一度のペースで受けていた。しかし、去年は四個もポリープが見つかったので、今年も続けて行くことに。お膝元の大学病院ではなくて、友人から紹介してもらった、むちゃくちゃうまい専門のクリニックを受診している。決して阪大病院の技術を疑っている訳ではない。

検査が痛かったりしたらイヤなので、意識下鎮静《ちんせい》でやってもらっている。鎮静剤として使われることがあるラボナールは、自白剤《じはくざい》としても使われるお薬だ。意識が朦朧《もうろう》としている時に、言ってはいけないことなんぞを口走ったらいかんので、個人的なつきあいのない先生のところにしているのだ。やっぱり性格が小心にして慎重なのかも……。

前処置は苦しい。今回は特に寒い朝だったせいもあって、三リットルもの水分をとると体が冷え切って寒気がした。が、検査自体は寝ている間に終わるのでなんともない。というよりも、むしろ気持ちがよろし。まず、お薬で眠りに落ちるのが何とも言えない。注射と同時に、す～っと意識が落ちていくのがええ感じである。うっすらと意識がありながらファイバーをつっこんでもらうのが、また快感。どちらもクセになりそうで、ちょと怖い。さらには、お目覚めもさわやかだ。

ポリープは、眠っている間に内視鏡下《ないしきょうか》切除してもらったので、まったく痛くも何ともなかった。が、一週間の刺激物禁止と禁酒を命じられたのはきつかった。特に一週間の禁酒というのは、過去に前例がないほど過酷な指示である。何事も楽あれば苦あり。大腸ファイバーも例外ではないのでありました。

なかののつぶやき

去年も大腸ポリープ切除をしたはずなのに、禁酒をした記憶がまったくない。日記を見たら、なんと、直後にカレーを食べてるし、翌日には大量飲酒をしてる。あっちゃぁ～、注意を全然守ってなかったんやぁ。

ノンアルは哀しからずや

2018.03.10

大腸ポリープの内視鏡的粘膜切除術を受けた後、梅田にあるちょっとおしゃれなフレンチビストロに行った。週末などによく前を通りかかるが、常にお客さんが列をなして待っている人気店だ。並んでまで食べる価値があるものなどこの世に存在しない、という強い信念の持ち主なので、興味はありながら、いつも横目に見ていた。

その日は平日のすでに二時前とあって待ち時間なし。えらいもんで、そのような店はやたらと女性比率が高い。カウンターに腰掛けてオーダーすると、おかしな時間帯にひとりでやってくるようなおっさんの足下を見透かしたかのように、ワインはいかがですかとソムリエが尋ねてくる。

「いやぁ、美味《おい》しそうな食事やからワインを、と言いたいところなんやけど、今日はポリープを切ったところやからあかんのです」と機嫌よく個人情報満載で応じた。すると、さらに見透かしたように、それならノンアルコールワインがあります、という。確かにそのような不埒《ふらち》な飲み物が存在すると聞いたことはある。が、ぶどうジュースとなにがちゃうねん、と蔑《さげす》んでいた。しかし事情が事情である。いたしかたなし。

ノンアルコールだという先入観のせいかもしれんが、なんやら物足りない。ジュースみたいとまでは言わないが、ワインとジュースの中間くらいの感じだろうか。

禁酒期間中にも容赦なく宴会はやってくる。ジュースやコーラは、焼き鳥やお鍋を食べながらには甘すぎる。かといってウーロン茶では頼りない。結局、こんなもん誰が飲むねん、と普段は完全に軽蔑《けいべつ》しているノンアルコールビールを飲みまくるはめに。

通常、ノンアルコールビールと呼ばれているが、正しくはビールテイスト飲料というらしい。まったく知らなかったが、ビールに比べると、各社で味がえらく違う。しかし、どの会社の製品も、う〜ん、ビールテイストといえばビールテイスト、くらいのレベル。結局、炭酸水で我慢したほうがええんちゃうか、という結論に落ちついた（↑あくまでも個人の感想です）。

ノンアルコール飲料は、ワインにしてもビールにしても、本物と比べられると絶対に勝ち目はないだろう。せいぜいの高評価が、ノンアルの割にはけっこう美味しいよね、どまり。なんだかとっても哀しい飲み物なのである。まぁ、しゃぁないけど。

なかののつぶやき

ネットでは、ドイツのノンアルコールビールはえらく美味しいと高評価。なんでも、いったん作ったビールから透析の原理でアルコールを除いた「アルコール除去ビール」らしい。そら正しいビールテイストですわな。

時代が俺についてきた?

2018.08.18

ちょっとしたことで、時代が俺についてきたんとちゃうか、と思うことがある。たとえば、国王が来日し、ブータンがブームになった時。その何年か前に、ブータンへ旅行していたとかいうだけのことなのであるが……。世間ではまったく知られていないと思うが、たぶんラダックがブームになりつつあるような気がする。ラダック、なんやそれは、と思う人がほとんどだろう。インド最北部にあるチベット文化圏の地域である。

平成三十年の初め、夏休みにラダックへ行くことに決めた。日本語のガイドブックは一種類しかない。それも何年も前に出版されたものだった。しかし、それが行くことを決めた直後に改訂されたのだ。どう考えても快挙である。もう一冊、『インパラの朝』(集英社文庫)で開高健《たけし》ノンフィクション賞を受賞した中村安希《あき》による『ラダックの星』(潮出版社)が刊行された。世界でいちばん美しい星空を見るためにラダックの高地を歩くという内容である。その途上、亡くなった幼なじみのことが次々と思い出される。旅の最後に中村安希が見たものは何か。素晴らしくファンタジックなノンフィクションだ。

ほとんどなかったのに、私が行くと決めてから、ラダック関連本が二冊も出たのだ。

やはり時代がついてきているとしか思えない。そんなことないですかね？

それから、何と言っても炭酸水だ。以前はコンビニとかでも売ってない店がほとんどだった。ところがどうだ。ここ数年、状況は大きく変わり、今やどのコンビニでも複数メーカーの炭酸水が何種類も売られている。ドイツに住んでいた頃の習慣を帰国後も続けていて、炭酸水愛飲歴二十年以上である。どうしてみんな炭酸水を飲もうとしないのか不思議に思っていた。なので、これについては、ブータンやラダックよりも、時代が俺についてきた感がはるかに強い。ふっふっふ。

自分ではあまり思っていないのだが、知人友人から、自己肯定感が強いと言われることがよくある。きっと、ここに書いた程度のことで時代が俺についてきたとか言うと、またお前は、と言われるにちがいない。はたして読者の方たちはどう感じられるだろう。ちょっと心配ではある。でも、これくらいの自己肯定感は誰にも迷惑かけへんから、なんも問題ないですよね。と書きながら、そんなことを思うこと自体がやっぱり自己肯定的かもしれんと反省しつつあったりします、ハイ。

なかののつぶやき

自己肯定感が強いとよく言われるのですが、主観的にはそうでもありません。けど、自己肯定感を高めるための本を読んだら、そのためにしなさいと書かれていることをすでにほとんどやっていてびっくりしました。

先生、咳がとまりません

2018.08.04

一日に何度も発作《ほっさ》のような咳《せき》がでる。刺激物を食べたり、大きく息を吸い込んでも、喉を外から圧迫しても咳がでる。むせ返るような感じで、長く続くと窒息《ちっそく》感があらわれる。そんな症状が一カ月半も続いている。ずっと同じ状態というのではない。よくなったと思ったらまた悪化、というのを繰り返している。ただ、これは自然経過というよりは、生活スタイルの問題かもしれない。

この一カ月ほど、学外での講義や講演がやたらと多かった。マイクがあるんだから小さな声で話せばいいのだけれど、興《きょう》が乗るとつい大きな声になる。その後、必ず喉の調子が悪くなる。義太夫おさらい会が近いので、お稽古もせんならん。今回は「絵本太功《たいこう》記《き》十段目　尼ヶ崎の段」の真ん中あたり「♪妻は涙にむせ返り～」から始まるのだが、語りながらむせ返るように咳《せ》き込んでたら世話がない。ちょっとよくなった時、誘われるがままにカラオケに行ったのもあかんかった。客観的にみたら、完全にアホである。

感染症なら三～四週間もたてば治るだろうと思っていたけれど、一向におさまらず。さすがに心配になって、知り合いの耳鼻科医に尋ねたら、診察もせずに、年寄りにはよくあることとあっさり見捨てられた。いくらなんでも愛想なさすぎやろ！

ポリープとかがあったらイヤなんで、知り合いとは違う耳鼻科を受診したら、今度はちゃんと診察してもらえた。でも、原因はわかりませんねとのこと。ついでだからと受けたアレルギーの検査ではスギ花粉症やったけど、そんなん季節外れやんか。

なんとか飴、とか、なんとか散を頻用している。一時的にはすっとして咳がおさまるようだが、そう長続きしない。咳止めといえば古典的な薬であるコデイン系しかないことには驚いた。もっとええ薬を開発してくれよ。

八十四歳で亡くなった祖父は、晩年、同じような咳をしていた。そういえば、枕元に痰壺《たんつぼ》を置いてたなぁ、とか思い出して検索してみたけど、売られていないようだ。まぁ買う気もないけど。ちなみに、ネットでの「昔は常識!? 今では信じられないと思うものランキング」では、「痰壺に痰を吐く」が堂々の一位。ホーロービきの痰壺ってちょっと懐かしいけど、中味のおぞましさを考えたら、確かにそうかもしれんですね。

そんなことより、夏休みの山登りまでに咳が治ることを祈るばかりのこの頃です。

なかののつぶやき

「今では信じられないと思うものランキング」には、「カメラのフィルムを冷蔵庫で保存する」「いちご用スプーンでいちごを潰す」「そろばんでローラースケート遊びをする」とかがあって、えらく懐かしいです。

肩こり撃退

2019.08.10

　ほとんど経験したことがなかったのに、数カ月前からやたらと肩がこるようになった。肩こりの原因をネットで調べると、同じ姿勢、眼精疲労《がんせいひろう》、運動不足、ストレス、などと書いてある。なにがあかんのか。ストレス以外は全部あてはまりそうだ。思いおこせば、背筋《はいきん》の姿勢矯正器具を使い出した頃からひどくなったような気がする。もしかしたらと使うのをやめてみたけれど、一向によくなる気配がない。

　試しにタイ古式マッサージに行ってみた。噂《うわさ》で聞いていたとおりにキツい。目をつぶっているので、どんな体位で揉《も》まれているのかよくわからないのだが、やたらと痛い時もある。からだが固いからなおさらだ。しかし、効き目は十分で、えらくスッキリする（←個人の感想です）。二週間に一回くらい来るのがいいと言われて、おおよそそのペースで通っている。確かに間隔があくと、からだがこわばった感じになる。

　そのお店、マッサージをしてくれるのは全員がタイの人だ。指名の仕方がわかってないので、老若男女いろんな人に施術してもらっている。若いお姉さんにやってもらったほうが気持ちよく感じるなどという邪《よこしま》な心持ちは決してない（ように思う）。というより、ベテランのほうが明らかにうまい。ひとり、むちゃくちゃキツいマッサージをするおばさん（推定七十歳）がいる。痛いと言うと、普通はソフトにしてくれるが、そのおばさんは違う。ダイジョウブ、とか片言で言いながら、まったく手を緩《ゆる》めない。あんたとちゃう、こっちが大丈夫とちゃうっちゅうねん。しかし、その効果たるや絶大である。

完全に肩こりがなくなった訳ではないけれど、おかげで相当によくなった。そうなると、以前は気づいていなかったことがわかってきた。どうも、朝起きた時に肩こりがひどいのである。ということは、枕が悪いのかもしれん。買い替えることにしたものの、枕など、使ってみないと、いいかどうかわかりようがない。ネットでいろいろと調べて、ちょっと高いけれど、二万円近くのをネットで買ってみた。全額返金保証があるので、ダメなら返品すればいい。

これがえらくよかった。肩こりがすっかり楽になっただけではなく、夜中に目覚める回数が明らかに減った。なので、マッサージに行く必要がなくなってきた。しかし、あの「心地よい」痛さを思い出すと、やめるのは忍びないんですよねぇ。

なかの
つぶやき

マッサージと枕以外にかなり効果があるようなのが肩こり体操であります。若い頃は肩こりなんかとはまったく無縁やったのに、こういうことを書いたりしてると、ほんまに爺《じい》ちゃんになってきたなぁと思いますわ。

Quality Time@石切さん

2020.03.21

孫の聡《さとし》、三歳、悪ガキ。なにを思ったか、山へ歩きに行きたいという。ちょっと歩いただけで疲れたとかいうからダメと言っても、絶対に歩くからと言い張る。仕方なく連れて行くことに。行き先は、思案の末、石切劔箭神社《いしきりつるぎやじんじゃ》、通称・石切さんに決定。山というほどではないが、大阪平野の東、生駒山《いこまやま》の麓《ふもと》である。この神社には坂道の参道があるので、お店の食べ物で釣りながら歩いていただこうという算段だ。

案の定、歩き出すなり疲れただのお腹がすいただのと文句を言う。仕方がないから、みたらし団子を買い与えた。そしたら、団子の蜜を最後までなめ上げる。まるで落語の「初天神」に出てくる金坊《きんぼう》やないの。行儀悪いけど笑ってしまう。

そこそこ歩いてはくれたけれど、しんどいと言っては肩車、下り坂では走りっこと、けっこう疲れた。でも、すぐに大きくなるし、こういうことができる機会はそれほど多くなかろうと思うとしみじみ楽しかった。英語では、このように、誰かとの関係をより強くする充実した時間のことをquality timeというらしい。

石切さんは「でんぼ」の神様である。でんぼ、最近ではほとんど使われないが、「おでき」、膿瘍《のうよう》のような腫れ物を指す大阪の方言だ。そこから転じて、石切さんは、いつの頃からか「がん封じ」の神様になっている。

お百度石のある神社は多いが、実際にお百度を踏んでいる人はほとんど見ない。ところが、ここ石切さんだけは例外だ。陽気のいい日曜日の昼頃だったせいもあるだろうけれど、一〇〇人近くもの人がグルグルと回りながらお参りしておられた。

代参だろうか、若い人も多かった。今の世の中、これでがんが治ると思っている人はそういないだろう。それだけに、愛する人を思う気持ちが伝わってくるような気がした。きっと、ここでのお百度は、がんに病んでいる大事な人とのquality timeなのだ。

大阪出身の紀行エッセイスト・宮田珠己《たまき》さんが奇書・『ニッポン47都道府県正直観光案内』（本の雑誌社）の大阪府のところで、真っ先に書いておられるのが、この石切さん。さすが、それだけのことはある。神社もさることながら、なにしろ参道が面白い。昭和四十年代からタイムスリップしたかのようなお店が並んでいる。意外なことに外国人もけっこう多い。なんだかほっこりした春先の一日でありました。

なかののつぶやき

石切さんの参道には、昔ながらのいろんな名物が売られてます。なんともレトロな雰囲気が素晴らしくよろし。どう考えても時代遅れなんで、廃《すた》れているのではないかと心配していたんですが、杞憂《きゆう》でしたわ。

浪人破産イヤで御座る

2018.06.30

円周率がπ（パイ）であることはよく知られている。その倍がτ（タウ）で、6.28……と延々と続く。ごく一部の数学者の間では、πよりもτのほうが円周率として自然であるという主張がなされているらしい。ほとんど誰にも知られていないが、それを受けて六月二十八日が「タウの日」と名付けられている。

何年か前のタウの日、たしか土曜日の朝だった。知り合いの独立研究者・森田真生《まさお》さんが、ツイッターでそんなことをつぶやいていた。そして、τを根付かせるために、その覚えやすい語呂合わせはないだろうかと、ゆるく募集していた。

π＝3.14159265358979323846２……には、「産医師異国に向かう産後厄無く産婦御社に」とか、「身一つ世一つ生くに無意味違約無く身文や読む」とかいう名作がある。とはいえ、かなり無理をしているところや、いまひとつ意味をなさないところもある。

自分で言うのもなんだが、その日の私はむちゃくちゃに冴《さ》えていた。6.283185307179586476……を眺めていてひらめいたのだ。「浪人破産、イヤで御座る。女居なく子は無視、南無」と。

いかがであろうか。「浪人は」といきそうになるところを、「浪人破産」と始めているところなどシャープで、えらく気に入っている。浪人が破産して、女が出て行ってしまう。その女との間には息子――名前はもちろん大五郎にしておきたい（劇画『子連れ狼』です）――がいて、お父ちゃんに愛想尽かしをしてしまった。イラストのように、ビジュアル的にも相当にいけてないだろうか。

思えば、こういう語呂合わせができる日本語は便利である。英語ではこうはいかない。円周率の覚え方は“May I have a large container of coffee?”らしい。What do you mean? である。前から順に、アルファベットの数が三個、一個、四個、……

で円周率を示している。じゃまくさっ。それにこれだけ長くてわずか七桁でしかない。平方根の覚え方、「一夜一夜に人見ごろ」、「人並みに奢《おご》れや」、「二夜しくしく」とかはじつによくできている。ドイツに留学していた時、同僚に$\sqrt{10}$までを黒板に書いてやったら、天才かと勘違いされた。

まったくの自慢であるが、「浪人破産……」は、これらに匹敵する出来ではないかと密かに自負している。ただ、τがまったく無名なので、いつまでたっても広まることがなさそうなのが残念でたまらない。

なかののつぶやき

語呂合わせで覚えた数字って忘れにくいことないですか。何十年も前にそうして覚えた電話番号、いまだにたくさん記憶に残ってます。若かりし頃の彼女の家の電話番号なんか、まったく意味があらへんのですけど。

第二章

なかのとおる、危機一髪！

大阪府北部地震

2018.07.07

平成三十年六月十八日、月曜日の午前八時前、教授室でメールの整理をしていた。あれっ、なんの音や？　と思った瞬間、体が大きく左にゆさぶられていた。実際はわからないが、五〇センチほど横滑りした感じだった。背後で何かが落ちて割れる音がしたけれど、凍り付いて振り向くことなどできなかった。建物が倒壊するのではないか、と恐怖を感じながらも、頭は意外と冷静だった。南海トラフ地震で大阪北部がこれだけ揺れるのなら、和歌山はなくなってしまったんじゃないだろうか、津波は大丈夫か、などなど。よほど震源地が近かったのだろう。緊急地震速報が鳴り出したのは、十秒足らずの短い揺れが終わりかけた頃だった。それまでの間、自発的には一ミリも動けなかった。地震の速報なんかうるさいだけで意味ないやろ、と思っていたけれど、間違えていた。たとえ数秒であっても、心づもりがあるのとないのとではずいぶんと違う。

大学では、転倒防止や落下防止が厳しく義務づけられている。大阪なんか大きな地震がないし、そんなもんいらんのとちゃうのか、と思っていた。しかし、これも間違えていた。実験室を覗いてみたら、その効果は絶大だった。

ＳＮＳやメールでのお見舞いをいただいた。知り合いが多いためということもあるが、熊本からたくさん頂戴したのが印象的だった。最近の記憶が人を優しく共感させる。

電車はすべて運行不能になった。待てどもタクシーはやってこない。乗れたところで道路は大渋滞にちがいない。時々する自転車通勤のおかげで土地勘があるし、夏至が近いので日は長い。意を決して、自宅まで一四キロの道のりを歩いて帰ることに。同じような帰宅難民だろう、スマホを見ながら歩いている人とたくさんすれ違った。二時間半もかかって疲れたけれど、いい経験になった。おそらく、最初で最後の徒歩通勤である。

実際には寺田寅彦《とらひこ》は言ってないらしいが、天災は忘れた頃にやってくる、というのは真に名言だ。地震の時にどうするか、やってきてから考えたのでは遅すぎる。反射的に行動できるぐらいに、この場所にいる時はこうするということをしっかりシミュレーションしておくべきだ。翌日、街はいつもと同じように動いていた。でも、それは見かけだけ、みんなの心持ちは大きく変わったはずと思いたい。というより、昨日までと少しは違っていてほしい。そうでなければ、これだけの地震を体験した意味がない。

なかののつぶやき

震度六弱というのは、大阪での観測史上初で、もちろん完全に初めての体験でした。一回きりの短い揺れだからよかったものの、あれがしばらく続いてたら、オシッコちびってたかもしれませんわ。

台風の直撃

2019.09.15

大阪はあまり天災に見舞われない。いや、それも去年までのことだ。今年は、六月の大阪府北部地震、七月の豪雨、そして九月の台風二一号、いずれも物心ついてから初めて経験した大型の災害があった。京阪神地区はけっこう台風の通り道になる。しかし、大型台風と言われていても、多くの場合は近くに来るまでに弱まっていて、寝ている間に通り過ぎて、全然たいしたことなかったやんか、ということが多かった。

今度こそは違いそうだった。昭和三十六年の第二室戸《むろと》台風以来の強さとかいう話で、前日から、鉄道の運休も含めて、要警戒の報道が繰り返しなされていた。これまではイソップの「狼少年」やったけど、いよいよ本物の到来、という気分が高まる。

問題は仕事に行くかどうか、である。今回の台風は足が速いので、いつもの時間帯に通勤したら、台風が来る前に大学に着いて、去った後で帰宅できるかも。ちょっと迷ったけれど、そんなに働き者ではなかったと気づき、あっさりお休みすることにした。

レーダー情報をネットで逐次確認できるのが便利である。それを見てると、テレビのニュースとはかなりの時間差がある。本当はほぼ通り過ぎてしまっているのに、これからですとか言うてたらあかんやろ、テレビニュース。大阪有数の繁華街である道頓堀からの中継では、命知らずの観光客がちらほらと映っていたのにはびっくり。家から直線距離で八キロあまりしかないのに、暴風雨の状況がずいぶんと違うのが不思議だった。

こわいほどの暴風雨は小一時間ほどだったろうか。SNSを眺めていると、建築中のビルの足場が崩れたところとか、自動車が横倒しになるところとかがたくさん投稿されてきて、さすがに怖くなる。我が家の被害は、せっかく実りかけていた栗がほとんど落ちてしまったくらいで、ひと安心。近所を見て回ると、土蔵の白壁が落ちていたり、ガレージの門柱が倒れていたりしていて、けっこうな爪痕《つめあと》である。

台風一過の翌朝は視察をかねて自転車通勤にした。二カ所、大きな木が倒れていて通せんぼ。倒れていたのは、どちらも一本立ちの木であった。やっぱり仲間といっしょにおらんとあかん、いや、それよりも寄らば大樹か、とか考えながら走ってきた。

昔は災害で改元されることがよくあった。今回は事情が違うけれど、平成からの改元で験《げん》直しとなってほしいところである。

なかののつぶやき

「地震、雷、火事、親父」に台風が入ってない理由を調べてみたら、山から吹き下ろす強風を「おおやまじ」というので、訛《なま》って親父になったという説が。ホンマかどうかわかりませんが、今や親父は恐くなさそうです。

AI、どんだけできるねん

2018.10.27

いまさらであるが、AIの進歩というのはすごすぎる。病理診断分野では、昨年の暮れ、乳がんのリンパ節転移についてインパクトある研究が「JAMA」という雑誌に掲載された。リンパ節転移を見つけることができるアルゴリズムの勝負、コンペティションだ。多くのチームが「畳み込みニューラルネットワーク（CNN）」という、アルファ碁で使われたのと同じ機械学習を用いている。一一〇名の転移ありサンプルと一六〇名の転移なしサンプルを用いてAIに学習させたものだ。そして、そのCNNの原理とは、と説明したいところではありますが、よう知らんのです。スンマセン。

転移あり四九名分と転移なし八〇名分の組織切片を用いて診断させるという勝負で、この研究の面白いところは一一名の病理医も参戦したことである。結果、二時間の制限時間付きではAIの勝利。病理医が三十時間を費やして引き分け、でありました。たった二七〇枚のスライドを「自己学習」しただけでそこまでできるようになるんですか。賢《かしこ》すぎる……。まぁ、十年前に、AIが囲碁のトップ棋士を負かすなどということは誰も考えていなかったことを思うと、不思議ではないのかもしれませんけど。

今年、「Nature Medicine」誌に、もっとびっくりの論文が出た。肺の腺《せん》がんと扁平《へんぺい》上皮《じょうひ》がんの組織診断についての論文である。正解率が九七パーセントと聞いても、もう驚いたりはしない。しかし、組織切片から、がん遺伝子やがん抑制遺伝子に異常があるかどうかを七三〜八六パーセントの高率で診断できるというのを読んで腰がぬけた。

ＡＩは、人間の目にはさやかに見えぬモノをかなりの確度で同定できるのである。う〜ん、ＡＩ、そこまでできるとは。コストの面や、診断責任の所在など、実際の医療現場で使われるまでにはまだまだハードルは高そうだ。しかし、ＡＩによる診断はここまできている。薬剤師の業務に関しては、相当な部分がＡＩで代替可能だとされている。さて、医師の仕事はどこまでＡＩで代替されるようになるのだろう。

『サピエンス全史』で大きな話題を呼んだハラリの新作『ホモ・デウス』（河出書房新社）では、生命とはデータのアルゴリズム処理に過ぎない、と論じられている。そんなはずないやろ、と思いながら読んだのだけれど、ＡＩの凄《すさ》まじい進歩を知ると、そんなもんかもしれんと思えてしまったりもする。いやあ、どこまでいくんでしょうね。

なかのつぶやき

ＡＩに遠慮なしにズバズバ言われたらイヤですよね。でも、ＡＩは賢いから、いずれ、この人にはこれくらいの言い方にしとことか配慮するようになるかもしれん。もしそうなったら、なんか、もっとイヤなんですけど。

ブラジャーとマニキュア

2019.04.13

まずは安心してください。タイトルを見て、なかのが女装に興味を持ちだしたのかと思われたかもしれませんが、違います。さすがにそんな勇気はありません。

もともとの猫背が加齢に伴いどんどん悪くなってきたような気がする。なんとかしたい。ネット検索してみると、矯正用のサポーターがある。早速、買ってみた。もちろんカップはついてないけど、基本構造はブラジャーに似ている。そして肩をグイッと後ろにひっぱって姿勢をよくするというものだ。確かに効果はありそうだ。

しかし、ひっぱられる肩はいいのだが、アンダーバストあたりの締め付けがかなり苦しい。なので、なかなか一日中着用できない。ブラジャーをしたことはないけれど、似たようなうっとうしさなのではないかと妄想している。ちゃうかもしれんけど。

爪にも老化が及んでいる。昔はまったくそんなことがなかったのに、けっこう頻繁《ひんぱん》に割れて、引っかかったりする。乾燥のせいか、冬が特にひどい。

マニキュアを塗ればいい、という記事を見つけた。う〜ん、それってちょっと勇気がいるなぁと思いつつも、またまた検索してみると、男性用のが売られている。爪の保護作用があって無色のものだ。効果がわからないので、いちばん安いのを買った。はじめてのマニキュア、ちょっとドキドキした。って乙女か……。冬の間、一度も爪が割れなかったので十分に合格だ。でも、ずっと使い続けるかどうかと聞かれると微妙である。

まず、うまく均等に塗るのが意外とむずかしい。特に右手の爪。それに、はげてきたら見苦しい。禿げてではない、剥げてである。こういうことは、個人的理由からキチンとしておきたい。急に力がはいってしまいました、スンマセン。剥げたら塗り足せばいいと思っていた。しかし、それでは、剝げていないところが分厚くなって、えらく不細工だ。結局、週に二回くらい除光液できれいにしてから塗り直さねばならない。

まぁ、おっさんの爪など誰も気にしてないだろうから、どうなっててもええようなもんであるが、やっぱり気になる。で、邪魔くさがりの結論としては、手間がメリットを上回ってしまう、ということになりました。

はぁ、女の人って大変やねんなぁ。ふたつの経験から、想像だにしなかった感想を抱くにいたりました。他者の理解には経験が大事と悟りましたです、ハイ。

なかの
つぶやき

ブラジャーとマニキュアについては、ちょっと共感できたつもりです。でも、どう頑張っても疑似体験すらでけへんもんもたくさんあります。そういったものをいかに共感できるか、というのが今後の課題であります。

なかのとおる、危機一髪！

2020.02.01

エッセイのネタって、けっこう自然と飛び込んでくるもんやなぁと、いつも思っている。ところが、今度はなんとバスが飛び込んできた。で、今回はそのお話をば。

京都大学へ行く用事があって、令和二年一月二十三日の昼前、四条河原町の交差点で信号待ちをしていた。京都でも有数の繁華街で、交通量も人の数もやたらと多い場所である。ぼんやりと立っていたら、爆発音を思わせる大きな音がした。驚いてその方向を見たら、なんと市バスが突っ込んできていた。

二〇人ほどもいただろう信号待ちの人は、激突するまで、誰も暴走には気づいていなかったようだ。ブレーキ音はしなかったし、悲鳴もまったくあがらなかったから。

雨が激しく降り出したところだったので、滑ったのかもしれない。と思っていたのだけれど、ニュースによると、運転手さん（五十二歳）は「気がついたら当たっていた」と話しているって、どういうこっちゃねん。何しとったんやっ！

ネットニュースには、「街灯に衝突」と見出しがでていたけれど、絶対に違う。あれだけ大きな音がした衝突だ。街灯ぐらいなら軽くなぎ倒されていたはずである。頑丈そうなコンクリート製の植え込みがあって、それが衝撃で倒れていた。そのおかげで止まったにちがいない。いやぁ、植え込み様々、命の恩人、いや恩植え込みである。

危なかったなぁとは思ったが、意外なほど冷静だった。運転手さんの意識ははっきりしているようだったし、所用の時間が迫っていたので、その場を後にした。けど、次第に恐怖感がこみ上げてきた。スピードはそれほどでもなかったようだが、もし歩道に乗り上げて建物との間に挟まれたりしていたら即死やないの。六十歳を超えたらいつ死んでも不思議はないで、とかうそぶいてるけど、やっぱりそんな死に方はいややんか。

この日は、用務の事情で、出張ではなくて研修扱いにしてあった。それに、ちょっと寄り道もしていたし。そういう時って、もし事故にあっても労災扱いにならへんのとちゃうの。など、ちょっとせこいことも含めて、考え出したらいろいろ気になってくる。

いやぁしかし、人間、いつ死ぬかなんてホンマにわからんということですわな。これはきっと、神様が「生きてる間にもっと自由に好きなことをしておきなさい」というお告げをくださったにちがいない。っちゅうように考えたりするのは私だけですかね。

なかののつぶやき

昔のことですが、乗っていた車が数メートルの崖から転落したことがあります。その時は、わ〜っと大声で叫びながらも、走馬灯のように思い出が出てこないからきっと死なないな、と極めて冷静に考えておりました。

ちん味を食す

2021.01.23

僻地ノンフィクションライターの高野秀行《たかのひでゆき》さんとトークショーをさせてもらった。何冊も書評を書いてきたし、『未来国家ブータン』（集英社文庫）では解説まで仰せつかった。作品をほとんど読んでいるので、お目にかかるのは二度目か三度目だが、なんだかとってもよく知っているような気がするという不思議な関係だ。『幻のアフリカ納豆を追え！　そして現れた〈サピエンス納豆〉』（新潮社）の刊行記念トークショーだった。この本も読売新聞に書評を書いたので、【高野×仲野×書評】で検索してみてください。

令和二年の十二月初めで、大阪では市の中心部の飲食店での時短が要請されており、ほとんどの店は九時で閉店。とはいえ、久しぶりにお目にかかったし、食事でもということになった。ぶらぶらしていて目に飛び込んできたのがド派手なネオン看板。キャバクラかと思ったらこれがなんと中国料理屋さん。

大阪のミナミ、島之内と呼ばれるあたりには、やたらと中国料理のお店が多い。そのあたりに住んでいる中国人御用達だろう。味付けがふつうの中華料理と違って日本人向けではないし、店の公用語（？）が中国語なので、中華料理店ではなくて中国料理店と呼んでいる。その店、メインは「鉄鍋料理」と書いてある。聞いたことないが、中国は東北地方の郷土料理らしい。とても一人では入る勇気の出そうにない店だが、高野さんが同伴だと百人力である。なんせ、『辺境メシ　ヤバそうだから食べてみた』（文春文庫）を出しておられるくらい、文字通りなんでも食べることができる人なのだから。

先客二組はおそらく中国の人で、お店のお姉さんも日本語は片言レベルと想定どおりのお店である。各テーブルには、直径五〇センチを超えるかというどでかい鉄鍋がしつらえてある。これはもう、鉄鍋料理を食べるしかあるまい。せっかくなので、いちばん変わったものをということで、メニューを熟視して牛の陰茎と羊のあばら肉の鍋を注文した。グツグツ煮ること半時間ほど。たちのぼる八角の香り。いただきまぁす。

で、おちんちんの味はというと、ほとんどない。そして、やたらと固いというか弾力がある。後から調べてみると、精力剤として食されるらしい。う〜ん、どう考えても、こんな弾性線維みたいなもん食べても精がついたりはせんだろうに。人間の想像力というか欲望というのは恐ろしいものである。ということで、「ちん味」初経験の話でした。

なかののつぶやき

牛の陰茎は海綿体が少なくて、線維弾性組織が主な成分らしい。どうりで固いはずやん。豚も同じタイプで、馬はヒトと同じ海綿体型だそうな。なるほど、次にチャレンジするなら馬かなぁ。って、たぶんしませんけど。

第三章

自己流コロナ生活

新型コロナな日々（その1）

2020.05.02

令和二年四月七日、緊急事態宣言が発出され、大阪大学の行動基準は、「メディア授業のための立ち入り許可。現在、学内において急を要し、かつ、進行を止められない実験のみ許可」になった。遠隔授業は家からでもできる。実験など何十年も前からやってない。研究室のミーティングも中止。う〜ん、まったく行く必要がないやんか。

特に仕事が好きという訳ではない。というか、むしろ嫌いである。なので、ずっと在宅ワークで大丈夫、かというと、そうでもない。必要最低限といえばいいのだろうか、郵便物の処理、それに、声を大にして言いたいが、極めて稀《まれ》ではあるが、仕事をする上で資料が必要なこともある。しかし、電車やモノレールに乗るのは気が進まない。ということで、行く必要がある時は自転車通勤に。そして、在宅ワークの日でも、生活のリズムを保つため、朝食後に小一時間の散歩を通勤代わりに。

当然、五月半ばまで、公私ともにすべてのスケジュールがキャンセルになった。もちろん外での飲酒機会はゼロに。家でもアルコールを飲むが、外で飲むのに比べると、量的にたかがしれている。多くないとはいえ、飲まない日もある。飲酒量は、以前の三分の一以下と超健康的な生活になった。えらいもんで、体重がどんどん減ってきた。

いいことずくめでもない。外食率六割を誇っていたのが、すべてなくなったことになる。この影響はえらく大きい。毎日、家で夕食を摂るので、何にするかを決めるのがけっこう面倒だ。自分で作る訳ではないけれど、文句を言われるのがイヤなのだろう、毎日のように妻に尋ねられる。

面倒なので、鶏・豚、肉（大阪で肉いうたら牛肉です）、魚、という食材の種類と、和洋中という調理法で、三×三＝九通りにして、それをローテーションにメニューを決める。あまり思い浮かばないので、クックパッドを眺めたりしている。定年後、こういう平凡な日常がきっと楽しみになるだろうと思っていたけれど、心配になってきた。

演劇や映画はやってない。せめてお風呂屋さんや居酒屋と思うけれど、感染が気になるのでどうにも行く気がしない。こんな生活、とりあえずの期限である五月六日に終わったらええけど、延長になったらどないしたらええのやろ。これまでの経験から考えると二カ月が限界とちゃうかなぁと考えたりしとります。

なかののつぶやき

令和二年春の第一回緊急事態宣言、ホンマに緊張してたことがよくわかります。しかし、思いおこせば、第二回、第三回と、だんだんと緩くなっていってましたなぁ。緊急事態宣言に慣れるって、あかんことですけど。

姿勢を正す

2020.05.09

あかん、姿勢を正さねば、と思った。なんか悪いことをして心構えを改めんとあかん、とかではない。文字どおり、フィジカルに姿勢をよくしようと決意したのである。

猫背にして猪首《いくび》と、もともと姿勢がよろしくない。たまに出演するテレビで自分の姿を見ると、なんとも不細工で情けない。もうひとつ、ショッキングというほどでもないが、かなり気になることがあった。半年ほど前、ある委員会に出席した時のことだ。

二〇人近くの委員会だったが、珍しく、まったく知らない人ばかり。みなさんえらくお歳を召しておられるような気がした。ところが、ネットでちゃちゃっと検索してみると、ほぼ同世代である。お〜、ホンマですか。何となく顔に生気がないのもよろしくないが、それ以上に姿勢が前屈《まえかが》みなのが老けて見える原因ではないのか。

自分も同じように老けて見えてるんかもしれん。う〜ん、髪の毛が少ないのは如何《いかん》ともしがたいが、姿勢ならなんとかできるはずと思いながら街をぶらぶらしていたら、ストレッチのお店を見つけた。勇気を振り絞って入ってみた。なんで、お金を払ってこんな目に遭《あ》わせられないとあかんのかと思うくらい痛かった。インストラクターによると、こんなにからだの固い人はめったにいないと。なんで、痛い目に遭わせられた上にそんなこと言われなあかんねん。でも、気持ちよかったし、背筋が伸びたような気がした。

以来、通い始めて半年あまりだが、驚くほど姿勢がよくなった。二週間に一度くらい行くだけでは効果がないからと、自主トレも命じられている。我ながら素直で、短時間ながら、毎日しこしことストレッチをしている。こうなると、つい、道具があったらもっとうまくいくのではないかと思ってしまうのが悪い癖だ。

新型コロナで家に引きこもっていると、どうも無駄遣いがしたくなる。で、ネット通販でちょこちょことストレッチ用品を買ってしまう。もったいないような気もするが、たいがいの商品はストレッチ一回分の料金よりも安い。たかがしれている。緊急事態宣言のせいでストレッチに行けないんだから、別に買ってもええやろうと自分を甘やかす。

在宅勤務で時間があるし、ストレッチの時間も増えてきた。コロナ禍が終わった頃には、むっちゃ姿勢がよくなってるんとちゃうやろうか。ただ、部屋がどんどんストレッチグッズで埋まっていくのが心配ですけど。

なかののつぶやき

ネットをみてると、よさげなものから怪しげなものまで、じつにいろいろな健康グッズが売られてます。それよりも驚いたのは、なんちゃらストレッチとかいうストレッチ系の本の多さ。にわか健康フェチですわ。

新型コロナな日々（その2）

2020.05.23

十年ほど前から、テレビ体操を日課にしている。その延長でもないけれど、コロナで在宅ワークの日は、徒歩十分ほどの公園でラジオ体操に参加している。その公園、毎朝六時半になると、スピーカーから自動的にNHKラジオ第1放送が大きな音で流れてくる。近所迷惑な気がするが、昔からのシステムなので受け入れられているのだろう。四〇メートル四方くらいの広場を大きく取り巻くように、五〇人ほどが体操をする。厳密には望ましくないのかもしれないが、隣の人とは五メートル以上も間隔をあけているし、オープンエアだからマスクなしでも大丈夫だろう。

参加者は男女ほぼ同数である。平均年齢は高くて、多くの人は（推定）七十歳以上。みなさん熱心で、ほとんどの方は毎日来ておられるようだ。会場によっては仕切り役がうるさい所もあるらしいが、その公園では、まったく自由に三々五々と体操をする。

ラジオ体操の番組構成はテレビ体操に比べるとシンプルで毎日同じ。「♪新しい朝が来た、希望の朝だ……」というラジオ体操の歌から始まり、簡単な屈伸運動とかがあって、ラジオ体操第1、それから首のストレッチ、ラジオ体操第2へと続く。

なかなか爽やかだ。特に胸を反らす運動の時など青空が大きく目に入り、あぁ今日も一日がんばろうという気がしてきて、じつにいい気分だ。終わったあと、大きな声で「ありがとうございました」と叫ぶ（？）人がいるのも面白い。真似をしようと思うのだが、なかなかその域に達することはできない。

終了後は、約一時間の早足散歩である。定番の目的地は、さらに歩いて十分ほどの花博記念公園鶴見緑地だが、そこばかりだと飽きてくる。なので、近所の道をなめるかのようにくまなく歩き回っている。五つのお宮さんをローテーションでお参りしては、コロナ退散祈願にかなりのお賽銭《さいせん》をさしあげた。道と違って、境内ですれ違う人はみなさん、おはようございますと挨拶されるのが気持ちいい。下町なのでやたらとお地蔵さんが多いが、そのどれもがきれいに祀《まつ》られているのもとてもうれしい。

ノンフィクション作家・髙橋秀実《ひでみね》さんの『素晴らしきラジオ体操』（草思社文庫）という本がある。髙橋さんは、その中でラジオ体操を「世界遺産に登録したいくらい」と書いておられる。公園でラジオ体操をやっているとホンマにそんな気がしてきますわ。

なかののつぶやき

老人だけでなく、たまには子どもも公園に来てラジオ体操に参加していてほしいけど、けしからんことに、老人に比べてまったく気合いがはいってない。これでは日本の将来がちょっと思いやられます。

おしゃべりな散髪

2020.06.27

見知らぬ人と何気ない会話をする機会がずいぶん減ったように思う。六十年あまり住み続けている下町暮らしなので、近所の人と言葉を交わすことはある。しかし、友人、親戚、仕事と近所の付き合い以外でちょっとした話をすることがめったになくなった。いささか寂しいことである。例外的に、そういった人たち以外でよく話をするのは行きつけの散髪屋さんだ。そのお店、ご主人と奥さんが二人で切り盛りされている。

十二、三年前に、家から五〇メートルと至近距離にあった店が閉店になったので、徒歩十分ほどのところにあるそのお店へ行くことにした。初めての散髪屋さんはちょっと勇気がいったこともあって、その夏の日のことはよく覚えている。

毛がずいぶんと薄くなってきていた。お店を替えるのでいい機会だ、思い切って短かくしてもらおうと決意した。家族にそう伝えると、妻も二人の娘たちも、ガラが悪く見えそうだからやめておいてほしいと言う。その願いを振り切り、うんと短くしてもらった。いやあ叱られるかなあと思って恐る恐る帰宅した。しかし、なんと、誰も散髪したことにすら気づかなかった。いくら毛が少ないとはいえ、あまりの仕打ちではないか。

それはまぁいい。以来、毎月一回、ほぼ一時間、散髪してもらう間はずっとご夫婦のどちらかと話をしている。ニュースやスポーツのネタ、そして、家族の話とか。保育園児だった上の男の子が今や大学生。下のお嬢ちゃんのこともやたらとよく知っているし、病気の相談を受けたりもする。親戚よりも、このご家族についてのほうが絶対詳しい。ときどきもらい物のやりとりもあったりして、けっこううれしい関係である。

先月からそのお店も、「感染予防のため、技術的なこと以外は、会話をご遠慮ください」と張り紙がしてある。なので、五月、六月の二回は無言での散髪だった。そうなると、頭を刈ってもらう時間がえらく長い。それに、なんともよそよそしくて居心地がよろしくない。この張り紙、いりますかねえ、と聞かれたのだが、念のためにしといたほうがええんとちゃいますか、としか答えようがない。もしものことがあったら大変やし。

でも、気にせず話しかけてくる人がちょこちょこいてはるんですわ、と。へえ、それは困った人がおるんやねぇと言うたら、お医者さんがたいがいよう話されます、と。う〜ん、それってあかんのとちゃうの。

なかののつぶやき

理髪店のことを大阪では散髪屋さんと言います。おおよそ東海・北陸より東が床屋圏で、西が散髪屋圏になるようです。食べ物も言葉も関ヶ原あたりが境界になってるのが多いらしいので、これも同じですかね。

「たこ坊」の閉店

2020.07.11

これはエッセイのネタになると思ったら、簡単なメモ書きにタイトルをつけたファイルを作って保存してある。そうしておかないと、おもろいことがあったはずなのに思い出せなくて、悲しくなってしまうことがけっこう多いので……。その中に、三年近く前に作ったままの「たこ坊でからむ」というファイルがあった。

大阪・ミナミにある「くわ焼 たこ坊」というお店でカウンターに座ってひとりで飲んでいたら、隣の席にカップルがやってきた。言葉からするに東京の人らしい。何を頼んだらいいか迷っておられるようなので、いろいろとご教示さしあげたという話。

タイトルは「からむ」だけれど、大阪の親切なおっちゃん（＝私のことです）がやさしく指導してあげたという内容である。先方にとっては迷惑やったかもしらんが、えらく盛り上がって楽しかったので、いつかエッセイにしようとストックしてあった。

「たこ坊」はとんでもなく大阪的な雰囲気で、ついお節介を焼きたくなるようなお店である。と書きたいところだが、いまや過去形になってしまった。その六十八年の歴史の幕が閉じられたという大ニュースが日経新聞の社会面（たぶん大阪版だけ）に出た。

「くわ焼」と名付けられた串焼きと揚げものの店だった。こういう組み合わせの店は大阪でも多くない。蓮根《れんこん》の肉詰め、たこ、玉ねぎ、とかのメニューは難なくわかるだろう。ねぎとかしわ、かしわの玉ひも、となると少し難しいかも。かしわ＝鶏、玉ひも＝卵管と卵黄だ。ましてや、チキンポテト、エビパン、オランダ、となると一見《いちげん》さんには意味不明にちがいない。そのあたりを隣席のカップルにご説明申し上げたのである。

もちろん、安くて旨い。あなごだけがちょっと高くて四〇〇円。あとのほとんどは二〇〇円以下。予約不可。インバウンドお断りではないけれど、メニューには日本語しか書かれていないので、ほとんどゼロ。レジのおばちゃんは、五つ玉の算盤《そろばん》で計算。あまりの素晴らしさに、大阪らしいお店をと聞かれたら、いつもここを紹介していた。

お店の人や常連客の高齢化も関係あるらしいが、閉店の理由は新型コロナによる客の激減がメインらしい。似た味は作れるかもしれないけれど、あの雰囲気だけは絶対に無理だ。それほど頻繁に通っていた訳ではないけれど、大好きなお店のひとつだった。またひとつ大阪の灯が消えたようで、無性に寂しい。新型コロナのバカ！

なかののつぶやき

チキンポテト、エビパン、オランダは、それぞれ、ポテトサラダを中に入れた手羽元、エビのすり身を乗せたパン、香味野菜入り鶏肉のつくねを揚げたもの。この三つは、他のお店ではほとんど見たことありませんわ。

何十年ぶりかのテント泊登山

2020.09.05

二十代の最後ぐらいにYMCAの登山学校に通ったことがある。その頃、友人に誘われて、ときどき登山に出かけていた。そうするうちに、しっかりと勉強してみたくなったのだ。山岳会へ入るほどの根性はないので、探してみたら、その登山学校があった。四月に入学して八月まで、二週間に一回の座学と月一回の実地訓練だったと記憶している。座学では、歩き方、地図の読み方や天気図の書き方、山での調理などを学んだ。実地は、ハイキング、オリエンテーリング、岩登りなどで、回を追うにつれ、背負う荷物を重くしていく。段々と慣れていくのがすごい。仕上げは槍《やり》ヶ岳《たけ》。いまの体力ではとても無理だが、その時は二五キロ近くのリュックを背負ってのテント山行だった。

例年、夏休みは海外の僻地だが、今年は無理なので、国内の山へ行くことにした。山小屋はどう考えても密で気持ちが悪い。ならば何十年ぶりかのテント泊にチャレンジしようということに。とはいえ、いまひとつ自信がない。一泊二日で行ける簡単そうなところを探し、北アルプスの唐松岳《からまつだけ》から五竜岳《ごりゅうだけ》への縦走に決めた。これなら、八方尾根《はっぽうおね》のゴンドラとリフトで標高一八〇〇メートルくらいまで連れて行ってもらえるし。

テントが軽量化されているのと、組み立てが簡単になっているのには本当に驚いた。食事だってそうだ。レトルトやアルファ米など、軽くて美味しいものがいっぱい売られている。材料工学の進歩は本当にすごい。今やラジオ放送で天気図を書き取る人など皆無だろう。もっぱらＳＣＷというネットの天気予報サイトを使っている。これはもう、信じられないくらいよく当たる。ちょっとした夕立まで前もってわかったりするので、なんとかしてくれよと逆恨みしてしまうほどだ。

天候に恵まれ、無事下山。この時季にしては珍しく、遠く離れている富士山まできれいに見えた。ただ、下山時はカンカン照りで、汗が滝のように流れて完全に脱水状態、一時はどうなるかと思ったけれど。お盆前で、すこし遅いかと思っていたのだが、八方尾根のお花畑は見事に満開だった。そして、五竜岳の登山道では、驚くほどきれいな雷鳥が顔を出してくれた。テントでビールを飲みながら立山連峰をゆったり眺めるのは最高だったし、満天の星も楽しめた。テント山行、癖になりそうだ。と、言ってみたいのではあるが、からだの節々がまだ痛い。それさえなければ……。

なかの
つぶやき

若い頃にちょっとしたきっかけでやっておいてよかったと思うことがいくつかあります。登山教室への参加もそのひとつです。こういうのは、自転車に乗るのと同じようなもので、一度身につくと一生モノですからね。

ひさびさの文楽

2020.10.03

六代目豊竹呂太夫《とよたけろだゆう》師匠に義太夫を習っている。義太夫、文楽の語りである。早いもので、もうすぐ七年になる。もちろん語るだけでなく、文楽公演をよく見にいく。

本公演は大阪の国立文楽劇場と東京の国立劇場で年に七回ある。ここ数年は、そのほとんどの演目を鑑賞している。それが、令和二年はコロナのせいで二月公演以来半年以上もの間、見る機会なし。ようやく、九月に東京で公演が再開された。普段は二部、せいぜい三部制なのだが、異例の四部構成。最大のお目当ては第三部の「絵本太功記十段目　尼ヶ崎の段」、別名を太功記十段目、通称「太十《たいじゅう》」である。文楽だけでなく歌舞伎でも人気の演目のひとつで、織田信長（狂言では尾田春長）を討った明智光秀（同、武智光秀）を主人公に、豊臣秀吉（同、真柴久吉）との対立を描いた全十三段の狂言だ。中でも武智家の悲劇を描いた十段目が最大の見どころである。

一時間を超える長い演目なので、「前」と「後」に分けられている。前は、義太夫語りが中堅（といっても五十代半ば）の豊竹呂勢太夫《ろせたゆう》、三味線が人間国宝・鶴澤清治《せいじ》。呂勢さんは昨年末から休演で、ほぼ一年ぶりの登場だったが、名人の三味線でじつに生き生きと語られた。そして盆が回り、我らが呂太夫師匠が、NHK Eテレ「にほんごであそぼ」でお馴染みの三味線弾き、鶴澤清介《せいすけ》さんと登場。「盆が回る」って何や、と思われたかもしれない。太夫と三味線は舞台右手の床《ゆか》の上で演ずるのだが、その床は円盤状の盆になっている。それに乗っかった二人がくるっと回転して登場するのだ。

いつもなら、くるっと回り終わったところで「待ってました六代目っ！」、そして、語りの前に床本《ゆかほん》（＝台本）を拝むように掲げられたところで「呂太夫！　清介っ！」と勢いよく声を掛けるところなのだが、コロナで自粛要請が出ているので、ぐっと我慢。僭越《せんえつ》至極ではあるけれど、義太夫、三味線と人形との三業《さんぎょう》一体とはこういうものかと唸《うな》らされるほど素晴らしかった。演ずる人たちも気合いが入ったのだろう。長き休演の憂《う》さを晴らすがごとく光秀は豪快に、そして、悲しい場面はあくまでも細やかに。段切《だんぎり》（段の終わり）で再び床本を掲げられたところで、「大当たり～っ！」と叫びたかったが、これも我慢。定員制限でお客さんは半分以下だったけれど、拍手の大きさはいつもに決して引けをとらなかった。いやぁ、ホンマにええもん見せてもらいましたわ。

なかの
つぶやき

文楽はとっつきが悪いのは間違いありません。でも、何回か見てるうちに、どんどん面白くなってきます。機会があればぜひお運びください。こんなに素晴らしい日本の古典芸能を知らずにいるのはもったいない！

はじめての「かんげき」

2020.10.10

連続して義太夫の話題であります。興味のない人には誠に申し訳ないことではございまするが、長年の趣味でございますゆえ何卒おつきあいをば。

今、お稽古をしている狂言は、前回に紹介した「太十」である。けっこう長くて、一段を語り切るには一時間以上かかる。なので、それを一〇の部分にわけて、少しずつお稽古を進めていく。おさらい会が年に二回あるので、続けてやっても五年がかりである。私の場合、令和二年の夏の会でようやく九割まで到達したので、あと一息というところ。

義太夫の稽古には三つのやり方がある。まずは「訛り稽古」。これは節をつけずに床本を読む。義太夫浄瑠璃は、その発祥の関係から大阪弁で書かれているので、大阪訛りで読むことになる。関西圏以外の人にはかなり難しいらしい。しかし、江戸時代から語り継がれているものなので、現代の大阪弁とは微妙に違うのが大阪人にも悩ましい。

つぎは「叩き稽古」。義太夫は三味線に合わせて語るのだが、叩き稽古は三味線なし。拍子《ひょうし》扇《おうぎ》を使って、口移しで教えてもらう。お師匠さんが短い詞章《ししょう》を義太夫節で語られて、それをそっくり真似るというやり方だ。簡単にできるように思われるかもしれないが、独特の節回しがあるのでえらくむずかしい。何度も何度も、時には一〇回以上もダメ出しをうけて繰り返さないとできるようにならない箇所があったりする。

本来のお稽古は三味線付きだ。カラオケならぬカラ三味線があれば便利なのだが、無い。三味線は伴奏ではなくて、太夫との掛け合いだからというのがその理由である。ただ、コロナ自粛期間はもっぱらZoomでの叩き稽古のみ。すごく細かいところまで繰り返し指導してもらえたので、ずいぶんと上達した（↑あくまでも個人の感想です）。

録音して、繰り返し繰り返し聞いては語る。おさらい会までには、総計何百回語ることになるのだろうか。読書百遍意自ずから通ず、どころではない。その何倍も、しかも音読するのだ。不思議なもので、何度も何度も語り続けているうちに、内容の理解が細かいところまでどんどん深まり、登場人物たちの心情に取り憑《つ》かれたようになっていく。

そんな状態での「尼ヶ崎の段」観劇だった。なにしろ感情移入が尋常ではなかった。いままでに観たどのような演劇や文楽よりも心に沁《し》みた。言ってみれば、五年がかりでようやく味わえる感激だ。こんな経験、きっと最初にして最後なんやと思っとります。

なかののつぶやき

義太夫を習い始めた頃は、五年もしたらそこそこ語れるようになるかと思っていたのですが、なかなか。でも、上達に年数がかかるのもこういう習い事のええとこなんですよね、きっと。ハイ、負け惜しみですけど。

コロナな一年

2020.12.26

令和二年の最終回、この一年を振り返ってみたい。毎年なら、人によって振り返るべきお題目はそれぞれに違っているだろうけれど、今年は九割以上の人が新型コロナ関連事項をあげられるのではないだろうか。

なんだかあっという間の一年だった。四月七日から五月二十一日までの緊急事態宣言期間は、まるでタイムスリップしたような印象だ。その間に講義はしたものの、ずっとZoomだったので、やった感じがしなかった。夏はバカみたいに暑くて長かったはずなのに、季節感がないままに過ぎ去ってしまったような気がする。家にいることが多かったせいだろうか。ふと、今が何月なのか、わからなくなることがよくあった。

十年以上前からずっと日記をつけていて、楽しいことがあった日は、○、◎、ハナマルの三段階の印をつけている。あったらうれしいのだけれど、仕事をしただけの日にマル印がつくことはほとんどない。なので、楽しい印はおおよそ、飲み会とか観劇、映画、あるいは、旅行やレクレーションといったアクティビティーを反映している。

○、◎、ハナマルを、それぞれ、一、二、三個として、マル印の数を計算してみた。参

1月	56(46)	7月	30(42)
2月	51(40)	8月	34(59)
3月	31(52)	9月	35(49)
4月	5(54)	10月	51(64)
5月	22(53)	11月	48(49)
6月	30(55)	12月	32(61)

考までにカッコ内には昨年の数字を入れてある。

ここまできれいに新型コロナの影響を反映しているとは驚きである。滑り出しは例年よりもよかったのに、三月には陰りが見え始め、なんと緊急事態宣言が出された四月には丸が五つだけ。それにそのうちの四つはZoom飲み会だ。

五月にはだいぶ増えているが、その半分はやはりZoom飲み会だから寂しいものだ。あかんと思いながらもあまり気にせず飲食などに出かけていたので、六月から九月はずいぶんと復活している。

十月、十一月は昨年と同じくらいに戻っている。しかし、感染者の増加を受けて、大学から家族以外との会食が禁止され、忘年会などが自粛になったので十二月は再び激減した。
そこそこ自由に行動していても、これだけ影響を受けていた。医療従事者の方たちはこれどころではなかっただろうと思うと、申し訳ない気持ちでいっぱいである。

なかのの
つぶやき

日記にマル印をつけて楽しさを定量化するというのは、けっこう面白い。ぜひやってみてください。少なくなってきたら、おぉ、仕事をしすぎや、もっと遊びにいかなあかん、というモチベーションがあがるのが最高です。

第四章

隙あらば秘境を目指す（国内編）

びわいちコンプリート

2018.06.16

「ビワイチ」という言葉をご存じだろうか。「琵琶《びわ》湖一周」の略である。歩いたり走ったりする人もいるらしいが、一般的には自転車で一周することを指す。しまなみ海道、アワイチ（淡路島一周）とあわせて、西日本のサイクリングコースベスト3だ。すでに前二者は経験している。そろそろビワイチもやっておかないと、寄る年波に勝てず、体力的に行けなくなりそうだ。ということで、ゴールデンウィークに愛車で走ってきた。

全周約二〇〇キロメートルを、速い人は一日で走りきる。そんな無理はできないので、一泊二日の日程にした。それも、琵琶湖大橋より北側だけでもビワイチと称していいことになっているので、お言葉に甘えてその短縮コースに。それでも約一六〇キロもある。

水に近いほうを走ったほうが景色がいいので、湖は反時計回りが基本である。琵琶湖大橋の東側からスタート。幸い好天に恵まれて、むっちゃ爽快。国宝彦根《ひこね》城、百名山のひとつ伊吹山《いぶきやま》、神の棲む島である竹生島《ちくぶしま》などを遠望しながらの琵琶湖畔快走である。

初日の終盤は、湖畔をはなれての上り道になる。最高地点の標高が一五三メートルだから大したことはないのだけど、七〇キロも走った後なので、思いの外きつかった。

なんとか夕暮れ前にヘロヘロになって湖北にあるお宿に到着。そのあたりまで行くと、とっても静か。湖水はきれいだし、景色も最高に美しい。

よく眠れたおかげで、翌日も快走できた。ただ、車の通行量が多くて狭い国道や、景色の悪い自転車専用道がけっこう長かった。湖東にくらべると湖西のサイクリング環境は明らかに悪い。もうちょっと整備してほしいわ。

みんなに抜かされまくるノロノロペースであったが、ちょい寄り道をして一七〇キロを走破した。ウィニングランは全長一四〇〇メートルの琵琶湖大橋である。二六メートルを一気に登り切って、ひゃっほ〜と声を上げながらの下りは本当に気持ちよかった。

思っていたよりしんどかった。こんな長距離サイクリングに出かけるのはこれで最後かも。ちょっと寂しい気もするけれど、歳をとるというのはこういうことなのだろう。

後日、飛行機から琵琶湖を見下ろす機会があった。幾度となく見た景色だけれど、それまでよりもはるかに大きく見えた。意識というのは、経験から得る実感によって変わるもんやと、えらく感動しましたわ。

なかののつぶやき

しまなみ海道サイクリングは、いろんな季節に何度も走ってみたくなるコースです。島々の間の橋には自転車用の道がつけられているのですごく走りやすいし、海の上を渡っていくっちゅうのは爽やかで最高の気分です。

利尻にクマは出なかった（その1）

2018.07.21

学会があまり好きなほうではない。なので、シンポジウムや講演、あるいは座長のご指名がなければほとんど出向かない。我ながら、かなり横着な研究者である。とはいえ、お座敷がかかればお断りはしないという程度の律儀さはわきまえている。札幌で病理学会にお呼びがかかった。梅雨がない初夏の北海道は観光のベストシーズンだ。せっかくなので、どこかへ寄って帰りたい。ちょっと、というか、だいぶ遠いけど、百名山のひとつ、利尻山《りしりざん》の登頂を計画した。じつは秘かに百名山登頂を目指しているのだ。

病理学会では、もちろんしっかりお勉強。がんゲノムやコンパニオン診断のセッションがたくさん組まれていて、どこもかなりの人気だった。時代である。がんゲノムは本当に驚くべきスピードで解析が進んでいる。従来の病理組織学的な診断と、遺伝子異常からの診断や分類とをどう組み合わせるかが重要な課題である。

悪性腫瘍《しゅよう》の分子標的薬は、副作用が少ないけれども、効果のある患者さんが限定される。効果がありそうかどうか、そこを見極めるための検査がコンパニオン診断である。それには抗体による染色と、やはりここでも遺伝子検査が重要な柱になっている。

十九世紀後半、偉大な病理学者ウィルヒョウによって、病気は細胞から生じる、という細胞病理学が確立された。百六十年近くたった今、がんの領域では細胞病理学から遺伝子病理学への大転換期である。ウィルヒョウが生きていたらどんな感想を持つだろう。などと立派なことを考えながら学会場を後にして、飛行機で利尻島までひとっ飛び。稚《わっか》内《ない》まで陸路で行ってフェリーで渡る、というのが正しい行き方とは思ったのだが、さすがに時間がかかりすぎるので断念した。

天気予報は曇りだったが、利尻島に近づくにつれて雲は晴れ、雄大な山が見えてきた。利尻島は、島全体が山みたいなもので、均整のとれたその山容はじつに美しい。これまでに見た日本の山の中でいちばんかもしれない。宿のご主人によると、頂上近くに雪が残っている今がいちばん綺麗に見えるとのこと。いくら見ていても見飽きない。

利尻といえば、山と昆布とウニである。年のうち二カ月しか獲《と》ってはいけないバフンウニが解禁になったところだったので、宿の夕食はウニづくし。生ウニ、炙《あぶ》りウニ、ウニ丼、ウニの三平汁。贅沢にも、当分ウニはいらんわ、と思うくらいウニを食べました。

なかののつぶやき

日本百名山、いちばん南にある屋久島の宮之浦岳から最北の利尻山まで、全行程七八〇〇キロを一筆書きで自力移動し、完全登頂された田中陽希さん。二百八日と十一時間。いやぁ、どんな体力なんでしょうねホンマに。

利尻にクマは出なかった（その2）

2018.07.28

利尻山は海に浮かんだ山である。だから文字通りの海抜が一七二一メートルで、海に足を浸してから頂上を目指すのが正しい登り方とされている。しかし、そうすると往復で十二時間もかかってしまう。さすがにきついので、標高二二〇メートルの鴛泊《おしどまり》登山口から登り始めた。夏至を数日すぎた北の最果て、日の出は四時前である。三時に起きて、おむすびをほおばり、荷造りをする。車で登山口まで送ってもらっていざ出発。

利尻島では、百六年ぶりにヒグマが上陸したのがニュースになっていた。登山者みんなが熊よけの鈴を持っているはずと思っていたのだが、むしろ持っていない人のほうが多かった。あかんやろそれは。

熊よけ鈴は、多くの人が鳴らしながら歩いてこそ、クマくんに、なんやあのあたりはリンリンとうるさいから近づかないでおこう、と思わせる効果があるような気がする。いわば、ワクチンによる集団予防効果みたいなもんとちがうんか。とはいえ、熊よけ鈴はうるさいから嫌いである。なので、これまで使ったことがなかった。しかし、ヒグマとなると話は別とちゃうんか。吉村昭《あきら》の『羆嵐《くまあらし》』（新潮文庫）や、その小説の元となった、大正四年冬の人喰《ひとく》い熊事件を描いた『慟哭《どうこく》の谷　北海道三毛別・史上最悪のヒグマ襲撃事件』（木村盛武著、文春文庫）を読んだら、その恐ろしさがわかるはずやろ。とか、ぶつぶつ思いながら歩き続ける。富士山と同じく利尻山のような独立峰は、登っていてもあまり面白くない。周囲の景色がなさすぎるのだ。その上、悪いことに曇り空。あえぎながらひたすら登ること約五時間で頂上に無事到着。小一時間と短い間だったけれど、頂上付近で晴れたのはうれしかった。下りは小雨模様で足元も悪く、きつかった。で、幸いなことに、最後まで熊に出会うことはございませんでした。

下山したら、何はともあれお風呂である。宿泊した旅館のお風呂は、利尻昆布がうかべてあって、心持ちぬめっとしている。なんとなくお鍋の具材になったような気分（どんな気分や……）である。お肌にいいんかしらん。

昆布の形も面白かったんで、写真を撮ってツイッターでアップしたら、一万回以上もリツイートされ、おまけにネットニュースにまで取りあげられてびっくり。どうしてそんなに受けたのか、いまだにようわかりませんわ。

なかのの
つぶやき

「利尻島の旅館ではいった『昆布風呂』、お湯に昆布がはいってます。『注文の多いお鍋屋さん』ではありませんでしたので、ご安心を」という文章に昆布のうかんだ風呂の写真を添えてツイートしたのでありました。

鞆の浦小旅行

2019.02.16

福山へ講演にお呼びいただいた。講演後、いつものように楽しい宴会を過ごした翌朝は信じられないくらいの快晴。風邪気味だったが、さすがにもったいないので、バスで半時間ほどの鞆《とも》の浦《うら》まで足をのばすことに。かつて瀬戸内の潮待ち港として栄えた鞆の浦、今は風光明媚《ふうこうめいび》な観光地になっている。古い町並みやお寺、神社などがコンパクトに揃《そろ》っていて、散策するのが心地よい。江戸時代の朝鮮通信使は、鞆の浦の福禅寺 対潮《たいちょう》楼《ろう》に滞在したという。その一人が、対馬から江戸を旅する間でいちばん美しい「日東第一形勝」として選んだのが対潮楼からの眺めである。そう聞くと確かに一段と絶景だ。

こういった観光地では、つい財布の紐《ひも》もゆるみがちになる。たくさんの生薬を漬け込んだ名物の保命酒と、帆布《はんぷ》でできた小物入れを買った。面白かったのは、干物屋の看板娘ならぬ、看板おかあさん。いりこなど、いろんな種類の干物が売ってある。いくつか味見して、うち二袋を買うことに。そしたら、ちょっと悲しそうに「エビも連れて帰ってくれんかのう」と話しかけてくる。あわれをさそう、なんとも婉曲《えんきょく》な表現にほだされて、「しゃぁないなぁ、買います」。小心な旅行者は、とても商売上手にかなわない。

ずいぶんと昔、研修医の頃医局旅行で鞆の浦に行ったことがある。散策しながら、その旅行での宴会のことを思い出していた。

すでに阪大総長だった故・山村雄一先生も参加しておられた。ビールの大瓶を一気にラッパ飲みにするという、唯一の芸を披露したら、見所があると心から絶賛してくださった。めったに褒められることがなかったので、むちゃくちゃうれしかった。

もうひとつは、いやはや何とも、という話。宴会も終盤だったのだろう、同期の研修医が酔っ払ってお盆の上にゲロをした。で、そのゲロ入りお盆が、なぜか宴会場の畳の上に置きっ放しになっていた。なにかの拍子に、間の悪いことに、山村先生がそのゲロの上に手をつかれたのである。うわっ、あかん。血の気がひいた。いくら酔っていても、それくらいのことはわかる。すわ、叱られるかと思ったら、鷹揚《おうよう》に笑い飛ばされた。いやぁ、エライ人は違う、と心から感心した。

以来、自分も、もし同じようなことがあれば、がははっと笑う心づもりをしている。けど、幸か不幸か、いまだにそのような状況に陥ったことはありません。

なかののつぶやき

鞆の浦はかつて潮待ちの港として栄えたのですが、海運のあり方がかわり、街が主要な陸路から離れているために賑わいがなくなっていったとか。でも、そのおかげで、じつに風情のある街並みがよく残っています。

第五章

なかのの教育論

「何かを得れば、何かを失う」

2018.04.28

何かを得れば、何かを失う。

そして、何ものをも失わずに次のものを手に入れることはできない。

開高健の名言のうち、いちばん好きな言葉だ。座右の銘でもある。毎年、医学部三年生の病理学総論、講義の最初に紹介する。

医学部へ入学して得たものは大きいにちがいない。しかし、そのことによって失ったもののことを考えたことがあるだろうか。いちばん大きいのは、職業選択の狭まりだ。もちろん、医学部を出たからといって医師にならなければいけない訳ではない。とはいうものの、現実は厳しかろう。いまや医学部は、卒後の初期研修も含めて八年制の高度な専門学校になってしまった、と考えるのが妥当である。入試面接では医学部を選んだ理由を聞く。誰ひとりとして、学問としての医学が面白そうだからと答えたりしない。これは他の学部との根本的な違いではないか。医学を学びたいからではなくて、医師になるために入学したのである。入試の動機からして、やはり専門学校だ。

学生たちにこのような話をすると、きょとんとするか、不快そうにするか、である。そりゃそうだろう。子どもの頃から猛烈に勉強してせっかくここまで来たのに、こんな身も蓋《ふた》もないことを言われるんだから。だが、これは真実だ。そのことをきちんと認識して医学を学び続けるしかない。それも、一生の間である。もともと医学が面白いと思って入学したのではないから、しんどいことかもしれない。しかし、こちらが頼んで来てもらった訳ではない。自ら志願して入学したのだから、仕方なかろう。いまさら後悔しても遅い。あきらめて、嘘でもいいから医学は面白いと思いなさい、と指導する。

人間、面白いから笑う、悲しいから泣く。それだけではない。逆に、笑っていれば面白くなってくるし、泣いていれば悲しくなる。多くの心理学研究がそれを実証している。それと同じことだ。面白いと思いながら勉強したら、きっと面白くなる。医学を楽しむ姿勢で学ばなければ、これから先つらいことばかりになりますよ。

というような話をするんですけど、みんなどれくらい理解してくれてるでしょう。親切のつもりだけど、単にイヤミなおっさんと思われてるだけかもしれませんわ。

なかののつぶやき

勘違いして「何かを得れば、何かを失う」のあとは「そしてその総和は誰にもわからない」だと、長い間思い込んでました。そっちのほうがちょっとよくないですかね。その総和って、ほんとにわからないですから。

医学に興味がありますか

2018.11.24

五十年ほど前、私が高校生だった頃、理科は生物・化学・物理・地学のすべてが必修だった。最初から大学入試で選択するつもりのない地学などはあまり勉強しなかったけれど、それでも一応の知識は習得した。しかし今は違う。大学入試で選択しない科目を履修すらしなくていいシステムになっている。勉強というのは大学入試のためだけにあるのではない。最低限の知識を与えることが重要なはずなのに、おかしなことだ。そんな状況でとりわけ気になるのは、医学部へ進学する学生の生物学に対する興味である。

入試の理科、多くの医学部では、物理、化学、生物から二科目を選択する。化学はほぼ全員が選択。生物は高得点をとるのが難しいという傾向があるので、もう一科目はどうしても物理選択になりがちだ。入学後の基礎生物学を、「生物自信あり」組と「生物自信なし」組にわけて教えている医学部は多い。およそ七〜八割が自信なし組のようだ。

志願者を序列化するだけでなく、入学後の科目履修に必要な能力を身につけているかを見極めるのも入試の重要な目的である。そう考えると、生物学を医学部入試の必修科目にするのが望ましい。とはいえ、全医学部が足並みをそろえるのでなければ、踏み切るには相当な覚悟がいる。というより、怖くてとてもできない。間違いなく受験者が激減し、入学者の能力の確保があやうくなりかねないからだ。

医学、特に基礎医学は、言うまでもなく大きなカテゴリーでいうと生物学の一分野である。それをしっかり勉強していなければ、医学とはどういうものかすらイメージしにくかろう。なのに、受験のことだけを考えて、一部のハイレベル進学校からの学生には、生物を履修すらしていない子がけっこういる。そういった状況で医学部を選ぶ、あるいは選ばせるというのはどこか間違ってはいまいか。

そんなもの、大学入学後に真面目にやればすぐに追いつけるのだから問題ないはず、と言われればそのとおりだ。しかし、入試勉強で疲れ果て、勉学意欲を喪失気味の学生がかなりいるという残念な現実を忘れてもらっては困る。

医学に興味を持てなければ、医学部に入れても、医師になっても、まったく楽しくない人生になってしまうのではないか。なんだか、当たり前のことが当たり前に考えられていないような気がしてならない。医学部受験の前に真剣に考えてもらいたいことだ。

なかののつぶやき

昔は、高校の生物学は医学部の教育内容とずいぶん違っていました。けれど、今は、半分くらいが医学部で勉強する生命科学関係というところです。それだけに、高校でしっかり勉強しておいてほしいんですけどねぇ。

希望と絶望(その1)—希望編

2019.06.29

「めばえ適塾　ジュニアドクター育成塾」というプロジェクトが、大阪大学、京都大学、関西大学を中心におこなわれている。JST(科学技術振興機構)の支援を受けた事業で、小学校五年生から中学校三年生までの子どもたちに科学の面白さを知ってもらおうというのが目的だ。科学離れが問題になっている昨今、素晴らしい試みである。

その講師にお呼びいただいた。引き受けはしたものの、どんなレベルの話をしたらいいのか見当がつかない。お世話役の先生からは、賢い子ばかりなので、子どもだと思わずにいつも通りで、と言われたけれど、さすがにそれではわからんだろう。考えあぐねた末、子どもたちと対話しながら、レベルを探りながら進めることにした。タイトルは「からだと病気」で、出席者はけっこう多くて一〇〇名ほどだった。

人間のからだには何個の細胞があるか、とか、細胞の直径はどれくらいか、とかの質問から始めた。知識はないけれども、考えながらどんどん答えてくれる。つかみは十分。

メインの内容は病理学である。まず、知っている病気の名前をあげてもらって、それを整理していく。そして、感染症、がん、心血管系の病気、などに分類して、おおまかにこんな病気なんですよ、と、まとめていこうという心づもりである。

子どもたちのことを侮《あなど》っていた。身近な病気として、骨折、下痢、風邪、とかが出てくるだけだろうとふんでいた。しかし、それはとんでもない勘違いだった。白血病、脳梗塞、アルツハイマー病、はては、脊髄小脳変性症《せきずいしょうのうへんせいしょう》とかサルコイドーシスまで。どこで聞きかじったのか知らないが病気の名前がいっぱい出てくる。もちろん、どのような病気かは理解していないのだが、それだけに説明のしがいがある。

おおよそ一時間の「チョークトーク」——実際にはホワイトボードマーカートークだけれど——の後の質疑応答も活発で、十五分以上にもおよんだ。大学では、一度たりともこんな活発な講義を経験したことはない。子どもってすごい。

ほんとうに面白かった。その時の録画を見ると、あまりにうれしそうで、自分でも驚くほどだ。字が下手だし、いっぱい間違えているのはお恥ずかしい限りだけれど……。じつに楽しそうに参加してくれた子どもたち。本当に目がキラキラと輝いていた。この子たちはこれからどのように成長していくのだろう。本当に楽しみである。

なかののつぶやき

どんな感じで講義してたん、と興味のある方は、【めばえ適塾×仲野】で動画検索してみてください。とっても楽しそうに講義をしています。字が下手で、書き順があまりに無茶苦茶なのがトホホですけど。

希望と絶望（その2）—絶望編

2019.07.06

基礎系の教授が半コマずつで研究を紹介する、医学科一年生を対象とした「基礎医学入門」という科目がある。今年は講義室に入ったとたん目を疑った。キャパ二五〇名ほどの階段教室なのだが、後方からほぼ最密充塡《じゅうてん》で、前方三分の二くらいは誰ひとり座っていない。担当教員に聞くと、毎回こうなんです、とのこと。あかんやろ、これは。したくはないが、いきなり説教である。君ら、こういう座り方がおかしいとは思わないのか。講義をする人に対して失礼だとは思わないのか。

例年、後方に座る子が多いとはいえ、少なくとも何人かは前のほうに座る子もいる。一〇〇名中二〇名ほどの女子学生がびっしり右翼席でかたまっているというのもいかがなものか。とんでもない同調圧力がかかっているとしか思えない。大学に入ってからの教育が悪いから、病理学を教える三回生になる頃にはどんよりしてくるのだと思っていた。しかし、新入生からこれでは問題外だ。絶句である。

そういえば、今年の三回生の成績は例年になくひどかった。病理学を教え始めて十六年、右肩下がりの印象があったが、今年は底が抜けたような感じだった。講義の進め方や試験のやり方を説明するので、第一回の講義は全員出席するように伝えてある。なのに、七〇パーセント程度しか来ない。どうしてこの程度のことができないのか。

もちろん優秀な学生もたくさんいるが、既習科目のことをまったく理解できていない学生も多い。アンケートでは、二回生で習ったことが三回生で必要になるとは思いませんでした、というのがけっこうあった。どういう意味なんや。まったく訳がわからない。

この子たちは昔からこんなだったのか。まさかそんなことはあるまい。受験勉強を始めるまでは、もっと好奇心があったのではないのか。前回書いた「めばえ適塾」に来ていた子どものように。どこでそれをなくしてしまったのか。

試験の成績はいわずもがな。大まけにまけて、一一〇名中六四名が不合格。面談をして話を聞くと、多くが、勉強法を間違えましたと。はぁ？　前年度の試験問題を配布し、同じ形式と伝えてあるではないか。どうすれば間違うことができるのだ。

勉強のやり方がどうしてもわかりません、と、文字通りに泣きつかれたことがある。これだけは、自分で工夫して身につけてもらうしかないと思うのですけど。

なかののつぶやき

不真面目な学生が多いために教育意欲をなくすというのは、あかんことです。しかし、こちらも人の子、ある程度はどうしようもありませんわ。学年全体で雰囲気をなんとかできないか、と指導はするんですけどねぇ。

希望と絶望（その3）―悩み編

2019.07.13

「めばえ適塾」で教えた小中学生たちのキラキラした目が忘れられない。好奇心旺盛にして発言も活発、やっていて楽しかったし、疲れるどころか元気をもらえた。

ひるがえって大学の講義、いくら煽《あお》ってもどんよりしている。たいしてエネルギーを使う訳でもないのに、終わったらいつもグッタリ。えらい違いである。

講義、下手なほうではないと思っている。しかし、出席率は低いし、出席している学生とて、めばえ適塾の子らに比べたらキラキラ感はほぼゼロ。何があかんのか……。

やはり受験勉強が問題なのではないかと思う。小学校時代から通ったであろう塾や予備校では問題演習がメインになる。与えられた問題を解くことの繰り返し。思考しているように見えるが、実際のところ、パターン記憶とその応用にすぎない。そんなだから、どうも人の話を聞いて学びとるというトレーニングができていないのではないか、という気がしてならない。もちろん、本を読んで学ぶトレーニングも。講義で演習問題を出してほしいという学生もいる。どこまで受験システムに拘泥《こうでい》しているのか。そんなことを言うくらいなら、自分で問題を考えてみたらどうなのだ。

大学に入ったら、自分で学ぶ姿勢を身につけろよ。と言ったところで、かなりの学生は易《やす》きに流れがちである。それに「医学に興味がありますか」（八〇頁）でも書いたように、医学という学問に興味がなさそうな学生も稀《まれ》ならず見受けられる。

ただ、教えるほうにも問題があると言わざるをえない。先輩からまわってきた過去問を勉強したら合格できる科目があると耳にする。追試験は一回だけというルールなのに、必ずしも守られていない。それでは、学生を甘やかしすぎではないか。かといって、厳しくしたところで意味がないのではないかと思い始めている自分が悲しい。

病理学総論の試験、一一名いた留年組のうち、なんと一〇名が不合格だった。非留年組は九九名中五四名なので、カイ二乗検定をするとP<0.025で有意に違う。ペナルティーが与えられても何ら改善していないということだ。いったいどうしたらいいのか。

定年までの教育機会はあと二学年。一生懸命教えるのはアホらしいような気がしてしまう。かといって手を抜くのでは、やる気のない学生と同じ穴の狢《むじな》である。講義をどうするか、試験は現状維持でいくべきか。いやはや、老教授の悩みは尽きないのである。

なかののつぶやき

あまり興味がないことを押し付けられる受験勉強。それを何年も続けているうちに、好奇心というものがすり減ってしまうんでしょうか。もしそうやったら、ほんまになんとかせんとあかんのですけれど。

希望と絶望（その4）―解決（?）編　2019.07.20

Education is what remains after one has forgotten everything he learned in school.

「教育とは学校で学んだことをすべて忘れた後に残ったものである」――さすがはアインシュタイン。まさにその通りと思う。

となると、教育の目的は、やはり学び方ということになる。好奇心を持って何かに取り組み、自分の頭で考え、わからないことは質問する。その能力を身につけさせることしかないのではないか。この考えでいくと、問題演習をいくらやっても「教育」にならないのがよくわかる。まずは、自分で教科書や論文を読んで、しっかり理解できる能力。その能力を身につけさせるのが「教育」というものだろう。

医師国家試験で問われるような知識を詰め込むことに意味があるかというと、これからの時代、ほとんどないはずだ。しかし、ある程度の基礎知識は頭にいれておかないとお話にならないのも事実だ。そのような状況でいかに「教育」すべきなのか。

医学教育はある意味で特殊である。すべての教科を学ばねばならない。中には興味のない科目もあるだろう。しかし、それはいたしかたないことだ。その制約の中でなんとかもがいてでも学び続けていかなければならないのだ。

You cannot teach a man anything, you can only help him to find it within himself.

「誰かに何かを教えることなどできない。すでに持っているものに気づく手助けができるだけだ」——こんどはガリレオだ。こちらもさすが、素晴らしい。

やる気をなくしている学生たちも、「めばえ適塾」の子どもたちのように、昔は好奇心を持って学ぶという気持ちがあったはずだ。それすらなければ、受験勉強に必死で取り組むことなどできはしまい。

そんな気持ちを何年間かの受験勉強で完全に無くしてしまったとは思いたくない。そうではなくて、受験勉強の垢《あか》で覆《おお》い隠されてしまっているのではないか。なんとかしてその垢を落として健全な知的好奇心を再発見させる手立てはないものか。

講義では、いろいろな医学的発見のエピソードなどを話す。こちらとしては面白いと思っているのだけれど、あまり伝わっていそうにはない。なかなか名案はないかもしれないけれど、いいお知恵があれば、ぜひ拝借したいところである。

なかののつぶやき

入学試験が子どもの健全な好奇心の育成を阻害しているに違いないと考えています。それをなんとかするには、大学入試制度を根本的に変える必要がありますけれど、残念ながら、日本では未来永劫に無理でしょうね。

第六章

ちょっと社会の話

ユニセックストイレで考えた

2019.12.14

ユニセックストイレという言葉をご存じだろうか。性別に関係なく使うことができるトイレのことである。日本ではジェンダーフリートイレと呼ばれることもある。

昔は、小便器と個室の両方が備わっている男女共用のトイレがけっこうあった。小用をたしている男性の後ろを女の人が通って個室にたどり着くようなやつである。ずいぶん少なくなっているし、今の時代、そんなトイレで立ち小便をするのは落ち着かない。

一つしかトイレのない小さな店舗や、飛行機のトイレは定義上ユニセックストイレである。それなら何度も使ったことがある。しかし、大きな部屋に個室がいくつも並んでいるようなユニセックストイレは初めてだった。バルセロナの会議場に写真のような表示があった。あぁ、これがユニセックストイレかと思い、ややためらいながら入った。ビックリした。中で女の人が手を洗っていたのである。なにもビックリすることはないのだが、習い性というのは恐ろしい。なんだか見てはいけないものを見たような気がしたので、見なかったことにしてコソコソと出ようとした。むっちゃ小心である。

そしたら、その女性から、“No problem, come in”と言われた。言われるまでもなく

no problemである。もちろん入り直しはしたけれど、相当にヘンな気分だった。

考えてみると、東海道新幹線のトイレはこれに近い。個室が二つ、男性小便用の個室が一つ、洗面台が二つだ。部屋ではないが、その通路で、時には男女が混じりあって待っている。そう思うと、ユニセックストイレの心理的抵抗感は一気に下がる。

どうでもええことですけど、新幹線の男性用個室いうのはなんとも微妙ですよね。立ち小便をしている男の人の背中を小窓から見られるようになっているんですから。

それはいいとして、劇場では女性トイレだけが長い列をなしていることが常なので、ユニセックスにしたほうが合理的かもしれない。しかし、全部を個室にするとスペースを取り過ぎる。が、これも新幹線型男性個室（というのか……）で解消できそうだ。しかし、そこまでして作る必要があるかどうかはやや疑問である。女性はお化粧がしにくかろうし、男女ともいつまでたっても心理的抵抗感は消えないだろうし。

などと、一度だけの経験であれやこれやと考えてしまったのでありました。

なかののつぶやき

バルセロナにあったユニセックストイレの案内表示です。中には五～六個の個室と洗面台がありました。これから日本でも増えていくのでありましょうか。

電車でひとりぼっち

2019.08.17

ある日の午後、始発駅から地下鉄に乗った。一人分おいて隣の席に二十歳代後半くらいの黒人のお兄さんが座った。言葉をかわしていないのでわからないのだが、見た感じはアフロアメリカンといったところだろうか。次第に電車が混み出してきた。しかし、誰もそのお兄さんと私の間の席に座ろうとしない。つり革が全部ふさがるくらいの乗車率になったけれど、そこだけが空席のまま。かなり不自然な状態である。

スリムなお兄さんなので、座るスペースは十分にある。基本的に実験派なので、その空いている席に移ってみようかと思った。そのあとに、私が元いた席に誰かが座るかどうかを確かめたかったのだ。ただ、その空席と私の間にはスタンションポール——座席区切りのステンレス棒——があった。なので、移動するとなると、どうしてもツーアクションになる。そこまでして席を移るのはいかがなものか。誰も気にしていないかもしれないが、そのお兄さんにとってはどうだろう。なんやこのおっさんは、俺に気があるのかとか思われるかもしれない。かなり悩んだ末に、やめておいた。

いろいろ想像してみた。たとえば、そのお兄さんが白人だったらどうだろう、黒人でもお姉さんだったらどうだろう、とか。それに、異国で自分があの立場になったら、きっとイヤやろうなぁとか。あからさまな差別というほどのことではないだろうが、心理的な何かがあるにちがいない。などと考えていたら、米国での経験を思い出した。

シカゴ郊外のオークパークは建築フリークにとっては素晴らしい観光地だ。名建築家フランク・ロイド・ライトが住居と設計事務所を構えていた町で、ライトが初期に設計した住宅がたくさん残っている。ずいぶんと前だが、そこを訪れたことがある。

シカゴからの高架鉄道は、途中、かなり治安の悪い場所を通る。気づけば、満員の車両の中、非黒人は私だけだ。乗っている人たちの社会経済状態はどう見てもかなり悪い。雰囲気もよろしくない。まったく初めての経験である。正直、ものすごく怖かった。

エンパシー（共感）とは、相手の靴を履いてみること、という考えがある。相手の席に座ってみるのも同じようなことだろう。いろいろ違いはあるが、黒人のお兄さんも私も電車でひとりぼっちという状況だった。もしかすると、あのお兄さん、怖くはなかったろうけれど、ものすごく悲しかったのかもしれない。考えすぎならええんですけど。

なかの
のつぶやき

今回の原稿を書きながら、「黒人」って使っていいのか、ちょっと迷いました。どうにも他の言葉は思いつきません。ネットで調べてみると、黒人というのは差別用語ではないようです。言葉は結構むずかしいです。

多様性が大事なのに

2019.03.16

入試の面接では、最近興味のあった時事問題について尋ねることが多い。今年は、何人もの受験生が、女子に対する不利な医学部入試判定を挙げた。そりゃそうだろう。身近な時事問題で最大のものだったにちがいない。

厚労省の「女性医師キャリア支援モデル普及推進事業」についてのホームページを見ると、いろいろなことがわかる。過去二十年の間、医学部入学者の女性比率は約三分の一で横ばい。ただ、昭和五十五年の比率は一五パーセントと、思っていたより高い。

現在、日本の女性医師比率は約二〇パーセントで、ＯＥＣＤ諸国中、韓国とならんでぶっちぎりの低さである。診療科別で見ると、皮膚科、眼科、麻酔科、小児科、産婦人科の女性医師比率が三〇パーセントを超えていて、逆に、外科、泌尿器科、脳神経外科、整形外科が一〇パーセント以下と低い。それから、女性医師の出産と子育てによる仕事の中断が、それぞれ七割と四割になっている。このあたりが、女子受験生に対して不利な入試判定がおこなわれた理由だろう。

しかし、入試判定の操作により、女子医学生、ひいては女性医師の比率を下げようとするのは論外だ。遠からぬ将来、約三〇パーセントが女性医師になることがわかっているのだから、それに向けて制度設計をするのが筋というものだ。とはいうものの、ホンネとしては、できれば入試でなんとかと思っている大学関係者も多いような気がする。

阪大医学部は関西圏からの入学者が圧倒的に多い。ある時、関東や東北からの学生はユニークで面白い子が多いように思いますけどと同僚教授に話したら、「そういった学生は、卒業したら地元に帰ることが多いから、あまり望ましくない」と返事されて腰が抜けそうになったことがある。たとえホンネがそうであっても、そんなことというたらあかんでしょう。遠くから来てくれた学生に失礼だし、あまりに偏狭すぎる。大学には、性別や地域、その他もろもろの多様性が必要だ。

教授の女性比率があがり、自校出身者比率が下がり、外国籍の教授も多数着任。学生の年齢やバックグラウンドもさまざま。大学がいろいろな多様性で満たされる。そんな日がいずれやってきてほしいと願ってはいるんですけど、なかなか無理ですかねぇ。

なかの
つぶやき

つい最近まで「男女共同参画」というのが、"gender equality"の和訳であるということを知りませんでした。ちょっとニュアンスがちがって、なんとなくごまかされてるような気がします。そんなことないですかね。

男女平等に目覚めた時

2021.03.06

オリンピックがらみの不適切発言から、男女平等の問題がかまびすしい。あくまでも自己判断ではあるが、私は男女共同参画にかなり前向きな考え方を持っている。ただし、昔からかというと、決してそうではない。相当に古くさい家の生まれである。男尊女卑とまではいかないが、男性優位な考え方が強かった。娘二人で子作りを終えたのだが、かなり歳をとるまで、親戚から「男の子はまだか」と聞かれ続けていたほどだ。

実は私も男の子が欲しかった。けど、産んでくれる人がハイと言わないのだからしかたがない。なんでも言うことを聞く女の人と結婚するつもりだったのだが、人生は不如意である。同級生だった女性医師を配偶者に持ったことによって、男女平等の意識が次第に変わったことは間違いない。しかし、それ以上に決定的な出来事があった。

平成十八年、師匠である本庶佑《ほんじょたすく》先生がIUBMB（国際生化学・分子物学会議）の学会を京都で開催された時のことである。Young Scientists Programという、世界各国から一〇〇名ほどの優秀な若手研究者を招待するサテライトプログラムの責任者を仰せつかった。参加者全員がポスター発表をおこない、委員の投票でベストプレゼンテーション五つを決めた。あとはパーティーでそれを発表して賞金を渡せば終わりと一息ついていた。そこへIUBMBトップのメアリー・オズボーン先生が登場。夫君と共にSDS-PAGEという極めて有用な生化学的方法を開発された女性研究者である。

この五人が優秀者ですとリストを見せた途端、烈火のごとく怒り出された。どうして女性が入っていないのか、と。は?“What do you mean?”と思ったが、もちろん口には出せない。いやいや、公明正大な選考の結果なのですが、と説明しても聞く耳なし。賞金は私個人が出すから女性を一人選べと怒りが増幅していく。それはなんとかいたしますのでと、あたふたと女性の最高位、確か次点で六位だった人を優秀者に追加した。

その時、考えが変わった。男女平等に対する姿勢、世界はここまで来ているのかと。それ以上に、あまりの恐ろしさに、二度とこんな目に遭いたくないと思った。

以来十五年。大学の女性教員比率も不十分、日本は遅れたままだ。お前は何をしたのだと言われると、何もしていないのが情けない。が、意識だけはむっちゃ高いと自負している。いや、ホンマに怖かったんですから。

なかののつぶやき

あの時は怖かったけど、いまとなっては本当にいい経験をさせてもらったと感謝いたしております。オズボーン先生にお目にかかってお礼を言いたいくらいです。でも、実際に会ったら、ちびりそうになるかも。

インテリゲンチア

2019.12.28

東北大学の「世界トップクラスの研究者を招聘《しょうへい》し、複数の学術イベントを通じて、人類社会の共通課題解決に貢献することを目的」とした組織「知のフォーラム」から、アドバイザリーメンバーの依頼を受けた。いつものように、さして考えず、軽い気持ちでお引き受けした。後でホームページを見てみたら、メンバーにノーベル賞受賞者の小林誠先生や、沖縄科学技術大学院大学・学長のピーター・グルース先生などのお名前が。ひぇ～、荷が重いやんか。お断りしたらよかったと思っても後の祭り。

緊張して委員会に臨んだが、えらくいい雰囲気で申請プログラムの審査がおこなわれて一安心だった。外国人三名、日本人四名の委員会なのだが、ものすごく突っ込んだ鋭い議論がなされて、本当に勉強になった。委員会そのものも楽しかったのだが、ディナーなどでの歓談はそれ以上だった。外国人委員の先生たちからは、日本はサイエンスにもっと研究費を出すべきだなどというありがたいご意見をちょうだいした。

驚いたのは、サイエンス以外のトピックスでの雑談だ。たとえば、人文科学について。グルース先生は、長年、ドイツのマックス・プランク学術振興協会の会長だった。マックス・プランク研究所というと理系の研究所という印象が強いのだが、八五ある研究所のうち一九もが人文科学関連なので、造詣《ぞうけい》が深いのも当然だ。人文科学にはあまりお金がかからないし、と笑いながらも、ＡＩによる雇用喪失やSDGsといった、これから全世界が直面する問題の解決には人文科学も必要だという話になった。ごもっともである。

別のドイツ系の先生は、もう一つの重要課題、炭酸ガス削減を考えて、大陸内では飛行機に乗らず鉄道を使っておられるという。さらに、アメリカでの国際学会へ行くのもできるだけ控えていると。いずれもヨーロッパでは一般的になってきているそうだ。

久しぶりに、インテリゲンチアという言葉が頭に浮かんだ。ＡＩによる雇用喪失、SDGs、そして地球温暖化。普段からこういったことを考え、行動に移せるのがインテリというものだろう。仕事や日常の雑事にかまけて、まともに考えたこともなかったのが恥ずかしくなった。今さらですが、小さくとも努力をしていこうと思っている次第にございます。お前がインテリになれるのかと言われるとちょっとわかりませんが、まぁそこはまけといてください。

なかの
つぶやき

周囲の人たちに聞いてみたら、SDGs（Sustainable Development Goals、持続可能な開発目標）という言葉を知らない人がけっこういてびっくり。もっと未来の社会に対する責任を考えないとあかんやないの。

大阪の行く末

2020.11.14

基本的に政治の話は書かないことにしているのだが、大阪市廃止・特別区設置住民投票、いわゆる「大阪都構想」についてだけはお許しいただきたい。

投票の少し前、東京で新聞を見て驚いた。日経と読売の朝刊をくまなく眺めたのだが、大阪では連日大きな記事になっている「都構想」についての記事がまったく載っていない。大阪人の悲劇は、そういったことすらわかっていないところにあるのではないか。「大阪都構想」を訴える政治家たちは、かつてのような栄えた大阪を取り戻し、東京のようにしたい。そのためには大阪市の廃止と分割が必要であると訴える。

普通に考えたら不可能だ。にもかかわらず、「都構想」による節減効果が一兆円にもなるという試算が公式に発表されたりする。そんなマジックを信じろというほうが無理だろう。いったいどうしたんだ。算盤高いといわれる大阪人なら、そんなアホなと一蹴せねばならないところだ。なのに、投票の二カ月半ほど前までは、どの世論調査でも賛成が一〇パーセントほど上回っていた。暗澹《あんたん》たる気持ちではあったが、さすがに大阪市廃止やむなしかと思っていた。

しかし、告示前あたりから急速に反対派が盛り返してきた。ほとんど諦めていたとはいえ、そうなってくると、俄然《がぜん》気になりだした。結果はご存じの通り、反対が賛成を上回った。いくつもの理由があるだろうけれども、最大のものは「都構想」というものを詳しく知ることにより、賛成から反対に鞍替《くらが》えした人が多かったことに尽きそうだ。

近畿地区以外の人はご存じないかもしれないが、在阪マスコミはどう見ても「都構想」支持だった。そもそも、都になるかどうかではなく、大阪市廃止を問う投票であるにもかかわらず、最後まで「都構想」なる名称で報道すること自体がおかしくはないか。「いいこともあった。なによりも、市民の多くが大阪市の将来を真剣に考えたことだ。結果が思い通りであったかどうかは別として、そういう姿勢こそが、これからの大阪市をまちがいなくいい方向に導いてくれるはずだと期待している」

五年前の一度目の投票で否決された時に書いた文章だ。二度目の「都構想」投票のために、残念ながらこの期待は五年もの間、無為に先延べされてしまった。今度こそ、と強く願っている。とは言うものの、やっぱり大阪の行く末が心配である。

なかののつぶやき

「都構想」によって大阪は分断された、とよく言われます。しかし、私の周りは最初からほぼ全員が反対です。だから、すでに存在していた分断があらわになった、というのが正しいような気がしています。

第七章

なかのの師弟論

一人目の師匠

2018.12.01

私の話など聞いても参考になるまいという気がするのだが、キャリアパスの講演にかりだされることがある。お引き受けした時に強調するのは以下の三点だ。まずは、できるだけいろいろなことに興味を持つこと。それから、他人に頼ることなく、自分の頭で考えて決めること。そして、複数の師匠を持つこと、である。

教授として独立するまでに三人の師匠から直接の指導を受けた。どうやって師匠を選んだのですかと尋ねられることがあるのだが、胸を張って言えるようなことは何もない。というのは、いずれもが「行きがかりじょう」なのだ。

一人目は大阪大学の北村幸彦先生。アレルギーに関係するマスト細胞（肥満細胞とも言う）が造血幹細胞由来である、GIST（消化管間質腫瘍）がc-kit遺伝子の変異によって生じる、という二つの大きな成果で学士院賞を受賞された大先生だ。

ある知りあいの先生が、いきなり、北村研の助手ポストに推薦してくださった。研究歴はゼロ、北村先生のことも研究内容もまったく知らなかったのに採用してもらえた。「藪《やぶ》から棒」＋「棚からぼた餅」状態である。その先生がおられなかったら、基礎医学の研究者になっていなかった可能性が非常に高い。ほんまに塞翁《さいおう》が馬ですわ。研究とは何か、実験の進め方、論文の書き方など四年半の間にみっちりとたたき込まれた。多くの人にとってそうだろうけれど、やはり最初の師匠の影響がいちばん大きい。ましてや、連日一時間ずつほどもおしゃべりをしてもらっていたのだからなおさらだ。いまとちがって、当時の教授はあんまり忙しくなかったんでしょうなぁ。

いいか悪いかは別として、研究というものには、「なんとか道」みたいな流儀がある。だから、そういった意味で、私の研究スタイルは完全に「北村流」である。

造血幹細胞の移植実験などをしていたのだが、研究室にはもう一つ、生殖細胞の発生を研究しているグループもあった。若い頃というのは頭が柔軟である。ちょっと興味を持って聞いているだけで、生殖細胞についても、かなりの知識が身についた。

それが後年、教授になってから生殖細胞を新しいテーマに設定できた大きな理由だ。若い頃にいろいろなことに興味を持っておくべき、という教訓はこういった経験からきているのである。

なかのの
つぶやき

昔の教授は暇だったのかという気がします。というのは、北村先生とは、ほぼ毎日、平均して一時間くらいディスカッションをしていた記憶があるからです。ああいう濃密な教育というのは、今はありえないでしょうね。

夢のハイデルベルク

2018.12.08

研究とて、同じところで何年もやっていると次第にマンネリ化して飽きてくる。そんな不満が溜まったこともあり、初代師匠の北村先生と衝突することも増えてきた。まったく至らぬ弟子である。しかし、これは、自分にとっての科学というものを手に入れたいがために、指導者に対して抱くアンビバレントな心理。いわばエディプスコンプレックスのようなものではなかったかと考えている。自己正当化しすぎかもしれないが、これはそう悪いことではなかろう。そうでなければ、弟子はすべて茶坊主化してしまう。

時代は分子生物学である。経験もないのに、分子レベルで造血を解析している研究室を志し、三つの研究室を教えてもらった。うち二つは、その研究内容をよく知っていた。残りの一つは、ニワトリのウイルス性白血病をテーマにしているまったく知らない研究室だった。三つともに手紙を書いた。そしたら、ある日、その知らなかった研究室の主宰者トーマス・グラフ先生から自宅に電話がかかってきた。あまりの突然さに、断るということなど頭に浮かばず、Yesとこたえていた。行き先は西ドイツのハイデルベルクにあるヨーロッパ分子生物学研究所（EMBL）だ。留学の後、研究をやめてお医者さんをしてもいいやと思っていたので、ヨーロッパならいろいろ観光できるという邪な気持ちもあった。そんなこんなで、二人目の師匠選択も、行きがかりじょうであった。

トーマスは優れた研究者であり、素晴らしい指導者でもあった。グラフ先生と書くべきかもしれないが、いつも呼んでいるとおり、トーマスと書く。「科学のフロンティアでは、すべての研究者が平等である」「実験結果は素直に受け入れよ」「アイデアだけで実行しなければ意味がない」「自分を客観視する姿勢を身につけよ」など、本当にいろいろなことを教えてもらえた。

それに、少し遅く、といっても八時頃まで研究室にいると、「トオルには家族があるのだからもう帰れ」という。夏期休暇はしっかり四週間とって、お前もそれくらい休めという。素晴らしすぎるではないか。

ゆったりと研究を楽しんでいたある日、本庶佑先生の研究室に空きポストがあるから、帰国しないかとのファックスが送られてきた。まさに、青天の霹靂《へきれき》であった。

なかののつぶやき

令和元年の秋に、バルセロナであったトーマス・グラフ七十五歳記念シンポジウムに参加してきました。トーマスのプレゼンは圧巻で、まだこれからやりたい研究もたくさんあるとのこと。あらためて立派さに感動でした。

そして本庶研

2018.12.15

有給休職で留学した場合、出身教室に戻るのがルールだ。不肖《ふしょう》の弟子であったにもかかわらず、初代師匠の北村先生から、助教授としての帰国をお誘いいただいた。しかし、それにはひとつ条件があった。私の留学中に北村先生が研究施設から病理学教室に異動されていた。なので、助教授ポストにつけば、病理解剖などの義務をはたさなければならない。不義理は承知だが、イヤなものはイヤだ。それに、できるとも思えない。キッパリとお断りするしかなかった。なので、帰国後の職を自分で探す必要があった。

そこへもってきて、世界の本庶先生からのポストオファーである。どうして断ることなどできましょうか。探したり選んだりではなく、三人目の師匠も、かくして行きがかりじょうで決まったのでありました。こういうキャリアパスはなかなか珍しい。

出張でハイデルベルクに来られた本庶先生とお話しした時のことは、ありありと思い出すことができる。科学について、これからの研究について、心底しびれた。世の中にこんなすごい先生がおられるのか、この先生に一生ついていこうと思った。

しかし、帰国後の現実は厳しかった。いい論文をというプレッシャーは異常なまでに大きかった。今思えば、どうしてそんなに追い込まれていたのかわからないのだが、本当につらかった。独自のテーマで研究していたこともあって、本庶先生とよく衝突した。それでも、なんとか、本庶先生に認めてもらえるようにと歯を食いしばってがんばった。苦節三年、ようやくいい研究ができた。幸運だった。

そこそこの研究では、結局のところ何も残らない。なにしろ一流の研究をせよ、という姿勢をたたき込まれたのは大きかった。これは本庶研究室同門の皆が口にすることだ。そして、もうひとつは、"Stick to the question" 知りたいことに固執せよ、ということ。以後も、易きに流れそうな時、本庶先生の教えを思い出しては身を奮《ふる》い立たせた。

自分のテーマで研究させてもらえたのはじつにありがたかった。教授選出の電話を受けて、真っ先に教授室へと報告しに行った時のこともよく覚えている。その時の笑顔も、握手していただいた手のぬくもりも。絶対に死ぬ直前に瞼《まぶた》にうかびそうだ。

その時つくづく思った。いろんなことがあって、一日も早くやめたいと思い続けていたけれど、師匠は本当にありがたいものだと。いやはや、弟子というのは勝手である。

なかのの
つぶやき

本庶先生からお電話をちょうだいすると、いまだに、思わず立ち上がって頭を下げてしまいます。私だけではなくて、他の弟子にも同じような人がいるようです。いやぁ、若い頃の刷り込みというのは恐ろしいもんですわ。

「弟子は永遠に不肖である」

2018.12.22

一人目の師匠、北村先生からは研究の基礎すべてを学んだと言っても過言ではない。なかでも特に、いかにお金をかけずに研究を進めるかについてが厳しかった。二人目のトーマスからは、サイエンスがいかに楽しいかを学んだ。生活の楽しみ方も。よく休暇をとって遊びにいくようになったのは、この影響がとても大きい。さて、三人目の本庶先生からはというと、研究における王道とでもいうべきものを学んだと思っている。

三人三様、ちがったタイプの優れた研究者の下で学べたことは、なによりも貴重な経験だった。一人の師匠だけからだと、どうしても縮小再生産になってしまう。なので、若い人たちには、複数の師匠から教えを受けることを強く勧めている。

しかし、師匠たちの教えを十分に生かしきれているかと聞かれると、いささか心許ない。「弟子は永遠に不肖である」という故・山本夏彦の名言は、けだし真実なのである。その言葉とならんでときどき耳にするのは、「師匠はみんな理不尽である」という格言(?・)だ。確かに、師弟関係というのはある程度、弟子が師匠の理不尽さを受け入れることによって成り立っているように思う。

特に、芸事では師匠に言われたことは絶対らしい。しかし、科学ではすこし状況が違っている。師匠だって人間だ。間違えることもある。そんな時にはきちんと指摘するのが正しい弟子のあり方ではあるまいか。もちろんそれは難しい。しかし、師匠が弟子を育てるだけでなく、弟子も師匠を育てる、という状況こそがあらまほしい。この考え、柳家さん喬《きょう》師匠とその一番弟子の喬太郎師匠、お二人による本『なぜ柳家さん喬は柳家喬太郎の師匠なのか？』（徳間書店）を読んでいて、やっぱり正しいんじゃないかと思えてきた。さん喬師匠の師弟関係についての言葉がすごくいい。

「俺は弟子を育てる能力はゼロだけど、ただ水をやることだけは惜しまないよ」

「一門意識ではなく、師匠意識なんです。こんなことをしたら師匠に申し訳が立たない、という考え方をいつもしています」

師弟関係というものにはいろんなことがあったりするけれど、師匠として、弟子として、このふたつの姿勢さえあれば、それだけで十分なのではなかろうか。と書きながら、師匠としての自分を振り返ってみたら、かなり心許ないんですけど。

なかのの
つぶやき

落語のような古典芸能も研究も、師匠と弟子の関係には似たところがあります。ただ、いいか悪いかは別にして、そういう関係性は次第に薄れてきているような気がします。今や、厳しくしたらアカハラですからねぇ。

第八章

隙あらば秘境を目指す（国外編）

ラダック天空紀行（その１）　峠の旅

2018.08.25

ラ（=la）は峠をあらわすチベット語である。インド最北部、インダス川源流域にあるラダック、その語源は「la-dags、峠の国」で、かつては文字通り峠の王国であった。

ラダックのガイドブックには、最も高所にある自動車通行が可能な道はカルドゥン・ラで、その標高は五六〇二メートルと謳《うた》ってある。が、実際には五三九二メートルで、世界最高を誇るためにサバを読んでいるらしい。こんなところで見栄はってどうするんや。それでも十分に高い。三五〇〇メートルくらいの高所で四～五日順応してから行ったにもかかわらず、少し歩いただけで息切れがした。「Oxygen Café」なるものがあるのもわかる。タルチョが無数にたなびき、遠くカラコルムの絶景が素晴らしかった。

青・白・赤・緑・黄色の布地に経文が印刷されたものがタルチョである。風にはためくたびにお経をあげたことになるという便利なものだ。だから、風の通り道でもある峠には必ず飾られていて、下界の人たちに功徳《くどく》をまき散らしてくれている。

しかし、カルドゥン・ラは決してのどかなだけの場所ではない。ラダックは東西を中国とパキスタンにはさまれている。両国へ通じるこの峠は軍事的な重要度が高いので、チェックポイントがあったし、軍用車が行き交っていた。

中国のようなだだっ広い国ではそんな字が必要ではなかったのか、「峠」は国字、和製漢字だ。だからという訳ではないけれど、なんとなく琴線に触れる言葉である。『伊豆の踊子』の天城峠《あまぎとうげ》や『女工哀史』の野麦峠《のむぎとうげ》など、峠を舞台にした文学作品も多い。どうでもええけど裃《かみしも》と鞐《こはぜ》も国字ですね。日本人、上下が好きなんかも。

病気になった時、お医者さんや患者さんが待ち遠しいのは、なんといっても峠を越すことだろう。たまらなくホッとする。これはトレッキングをしていても同じことだ。

二泊三日で行ったシャムトレックは峠をいくつも越えるコースだ。別名をベビートレックというだけあって、誰でも行けるコースである。しかし、越える峠の標高は三七〇〇メートル以上なのだから、日本的な感覚からいくと決して半端な高さではない。はためくタルチョを目指して峠を登りきると、まったく違った景色が目に飛び込んでくる。ラダックの山々は地肌がむき出しだ。そんな茶色の峠で喉を潤しながら、木々や麦畑で緑あふれる村を眺めていると、疲れは吹き飛び、心が次第になごんでくる。

なかののつぶやき

ラダックへの入口、州都であるレーは標高が三五〇〇メートルもあるので高山病が心配です。予防には睡眠を十分にとらねばなりません。でも、眠ると呼吸が浅くなって調子が悪くなりがちです。どないしたらええねん。

ラダック天空紀行（その2）
なんでもジュレー

2018.09.01

ラダックはチベット仏教徒が多く、言葉もチベット語に似ているらしい。チベット文字で綴《つづ》られるが、発音はずいぶんと違っていて、チベット語との会話はできないそうだ。もちろんラダック語などまったくわからない。が、ラダック語には信じられないくらい便利な言葉がある。それは「ジュレー」だ。ローマ字だと、julayとか綴ってある。「おはよう」「こんにちは」「こんばんは」「ありがとう」「どういたしまして」「さよなら」「おやすみなさい」、全部ジュレーで済んでしまう。ついでに「いただきます」も「ごちそうさま」もジュレーにしておいた。よう知らんけど、まぁええやろ。

旅人にとってこれほどありがたい言葉はない。挨拶やお礼を口にしたくても、状況によって違う言葉を使う必要があると思うと、どうしても躊躇《ちゅうちょ》してしまう。それが、ひとつの言葉でなんでもオッケーとは、何と便利なんだ。

トレッキングの途中で民泊をした。その家族にも気軽にジュレーだ。一日に何回か顔をあわしても、そのたびにジュレーと言っておけばいいのだからありがたい。意思疎通できている訳ではないけれど、なんとなく仲良くなれたような気がしてくる。

日本語でいうと「どうも」が近いかもしれないが、どうもはどうも軽々しすぎるような気がする。ジュレーに対応するようないい言葉があったら、気分的にもっとええ感じで外国人旅行者を迎えられると思うんですけど、なんかありませんかね。

もうひとつ覚えた言葉があって、それは「オムマニペメフム」である。これは言葉というよりは呪文、お祈りの真言、マントラだ。マントラ自体の意味はよくわからないのだけれど、健康、幸せ、繁栄などを願いながら唱える。お経が中に仕込んであって、回せばお経をあげたのと同じ功徳があるというマニ車《ぐるま》は、寺院だけでなく、町中いたるところにある。これもマントラを唱えながら回す。

ドライバーさんが敬虔《けいけん》な仏教徒だったので、歌になっているマントラがカーステレオからエンドレスで流れていた。なかなか爽やかな節回《ふしまわ》しで気持ちいいものだった。小さな携帯式のマニ車を買ってきて、このところマントラを唱えながら回している。功徳があるかどうかはわからないが、不思議と気持ちが落ち着いてきてなかなかええもんです。

なかのの
つぶやき

なんでも、マニ車を回している人たちは、世界が平和でありますように、みんなが幸せになりますようにと祈っておられるそうです。通じるかどうかは別として、毎日そういうことを祈り続けるっていいことですよね。

ラダック天空紀行（その３）

満天の星

2018.09.08

ラダック旅行はちょうど新月の時期だった。ラダックの星空は世界一かもしれないという中村安希の話（二二頁）を思い出すと期待が高まる。幸い、トレッキングの二泊を含む超田舎での四泊は快晴で、文字通り満天の星が楽しめた。ベストだったのは、標高四二〇〇メートルのパンゴン・ツォ（湖）。やはり高い所ほど星がくっきり見える。

これまでにも素晴らしい星空の経験がある。ひとつはキリマンジャロでの夜。深夜十二時頃に標高四七〇〇メートルにある小屋を出発して五八九五メートルの頂上をめざした時だ。その日も新月だった。空が白み始めるまでの数時間、満天の星を眺めながらのトレッキングは最高だった。しんどいかと思っていたが、体調もよく、松任谷由実の「やさしさに包まれたなら」を繰り返し口ずさみながら軽やかに登っていった。

「♪小さい頃は神様がいて　不思議に夢をかなえてくれた……」、本当に神様がいて、奇蹟を起こしてくれているのではないかと思えるような素晴らしい星空登山だった。

もうひとつは、ドイツ留学時代の経験。住んでいたハイデルベルクからスイスアルプスのグリンデルワルトまではアウトバーンをとばすと五時間ほどで行ける。天気がよさそうだったので、ご近所の日本人家族といっしょに、週末旅行に出かけたことがあった。

標高一〇〇〇メートルほどのホテルだったから、それほど高い場所ではなかったけれど、数分に一個くらいの割合で、やたらと流れ星が見えた。すごい経験だった。八月の中旬だったから、たぶんペルセウス座流星群だったのだろう。

子どもらが寝静まってから、大人だけで星空を見続けていた。だけど、ヒデアキちゃんがおねしょで目を覚まし、毛布でくるまっていっしょに観賞することに。おねしょしたけどええこともあったなぁ、とか大笑いしていた。そのヒデアキちゃん、大学生時代にバイクの事故で亡くなった。それ以降、スイスでの星空は美しくも悲しい思い出になっている。ラダックの星空を見ながらこのことを思い出して、また切なくなっていた。

もうこれだけの星空を見ることは一生ないかもしれない。星空がすごかったと興奮してラダック人のガイドさんに言ったのだけれど、ふぅんという感じで肩すかし。いつも見てたらそんなもんなんでしょうね。贅沢なことやと思うんですけどねぇ。

なかののつぶやき

人生を厳しく見つめ直せるかと思い、五十歳の時にキリマンジャロへ行きました。でも、トレーニングを十二分に積んで行ったおかげか、楽勝で登り切り、かえって人生を嘗めるような感じで帰ってきてしまいました。

ラダック天空紀行（その４）

「遠くへ行きたい」状態

2018.09.22

おそらく、多くの人に思われているのとはちがって、私はきわめてシャイである。初対面の人と会う時など、何通りも出会いをシミュレーションしないと落ち着かないほどだ。ただし、仲良く話せるようになるまでわずか二〜三分しかかからない。それに、いったん軌道にのると人の数倍はしゃべる。だから、シャイだとは気づかれないだけである。

そんなだから、「幸福《しあわせ》の黄色いハンカチ」の高倉健みたいに、自分は無口ですからと言ってすませれば楽だろうといつも思う。にもかかわらず、知らない人と話すのが大好きというのは、我ながら困ったものである。どっちやねん、ほんまに。

トレッキング途中の田舎の村で散歩していると、二歳くらいの男の子がおばあさん（推定）と遊んでいた。チェキで撮影してプリントをあげたら、周りにいた他三名のおばさんもほしいという。皆で記念撮影して、写真をお持ち帰りいただいた。

村はずれの古びた僧院へも行った。七十八歳の老尼僧を筆頭に三人で維持している古びた建物だ。資金繰りが苦しいとかいう話なので寄附をしたら、えらく喜ばれた。小銭程度だったが、現地の感覚ではずいぶんな金額なのだろう。ガイドさんに、寄附をこんなにくれるくらいだから、お前はいったい一日にいくらガイド代をもらっているのだと訊《たず》ねていたらしい。不躾《ぶしつけ》な尼さんであるが、明るくてすごく感じがよかった。

ホテル近くのクリーニング屋さんの軒下で店番をしている怪しいおじさんに声をかけられた。耳かきの世界チャンピオンだから、耳の穴を見せろという。怪しさ満点である。なんやねん、その耳かきチャンピオンって。俺の家は代々耳かき業である、とか、世界中の人に絶賛されている、とか、とても本当とは思えないが、あまりにおもろいことを言うので、耳かきをしてもらうことにした。現地の感覚でいうとえらくぼられたと思う。でも、むっちゃおもろかったから許す。こうしてエッセイにも書けたし。

国内外を問わず、旅先で見知らぬ誰かと話をするのは大好きである。テレビ番組のタイトルから「遠くへ行きたい」状態と名付けて楽しんでいる。耳かきチャンピオン以外はガイドさんの通訳を介してだから、直接に話をできた訳ではないのが残念だったけれど、今回もそれを満喫《まんきつ》した。だから旅はやめられない。

なかの
つぶやき

僻地へ行くと物価の感覚がわからないので、ぼられたかと思うことが結構あります。といっても、金額的には全然たいしたことはありません。なので、まぁええわ、寄附したようなもんや、と解釈することにしています。

ラダック天空紀行（その5）

贅沢な読書

2018.09.29

旅先で、その土地に関係する本を読むのは最高である。いちばん記憶に残っているのは、一八六五年にマッターホルン初登頂に成功したエドワード・ウィンパーが著した山岳文学の名著『アルプス登攀《とうはん》記』（岩波文庫）をご当地ツェルマットで読んだことだ。マッターホルンを眺めながらその本を読み、翌日は博物館で、初登頂成功の下山中に切れて墜落死亡事故を引き起こしたザイルを見た。ほんとうに贅沢な経験だった。

今回の旅行での贅沢読書は『懐かしい未来　ラダックから学ぶ』（懐かしい未来の本、現在はヤマケイ文庫で文庫化されている）だった。外国人の立ち入りが許可されるようになった直後、一九七五年からラダックで過ごしたスウェーデン人女性が書いた本である。ラダック観光の古典のようなものだ。

基本的に予習好きなので、ラダックに行く前に読むつもりだった。しかし、最初にあるラダックの伝統的な暮らしや価値観のところでつまずいた。なんだか先進国の現実と違いすぎて、頭にはいってこなかったのだ。ところが、百聞は一見にしかず。トレッキングでホームステイをして、現地の生活を垣間見たとたん、さくさくと読めるようになった。わずかとはいえ、経験というのはえらいもんである。

それだけでも素晴らしいのだが、ヌブラ谷で泊まったホテルで読めたのが最高だった。コテージはシンプルだがプライベートガーデン付き。鳥のさえずり以外何も聞こえない静けさの中でビールを片手にこの本を読む。この世の天国だ。ただし、本の内容は厳しい。グローバル化が進み、将来的にはラダックの文化が破壊されていくのではないか、という内容である。実際、その予言のとおり進んでしまっている。

ヌブラ谷はインダス川の支流にある谷だ。関係ないけど『ガンジス河でバタフライ』のおねえさんは今頃何をしているのかと、急に気になった。検索したら、著者のたかのてるこさんが『ダライ・ラマに恋して』（幻冬舎文庫）という本を出していた。帰国してから読んだのだが、この本も最高に面白かった。十五年ほども前の本で、当時のラダックは今とはずいぶんと違っていたようだ。その頃に訪れていたら、はるかに刺激的だったろう。時代を遡《さかのぼ》ることなどできないけれど、もっと昔に行っておきたかったなぁ。

なかののつぶやき

ラダックから帰国してしばらくしてから、たかのてるこさんの『生きるって、なに？』出版記念トークショーがありました。桂南光師匠との対談だったのですが、あまりのパワフルさと面白さに悶絶してしまいました。

ラダック天空紀行（その6）

きっと、うまくいく

2018.10.13

ラダックでの最終目的地は、標高四二〇〇メートルにある真っ青な湖パンゴン・ツォだった。ここへ行きたいと思ったのは、二〇〇九年に大ヒットしたインド映画「きっと、うまくいく」がきっかけだ。ロケ地のひとつ、ラストにこの湖があった。映画などの舞台が「聖地」として人気が出るのはよくあることだ。いつも、しょうもないこっちゃなぁと冷ややかに見ているのだが、自分がこんな遠くにまで行ってたら世話はない。

美しさの他には何もない湖なのだが、この映画以来、インド人観光客が激増したらしい。お尻の形をした、有名シーンを真似する椅子があったので、ミーハーに座ってパチリ。聖地でのひとときはけっこう楽しかった。これまでバカにしててすみませんでした。

天国のようなホテルがあった前泊地ヌブラ谷からは川沿いに道が通じている。ただし季節限定で、雪解け水が多くなる時季には車が通れない。ギリギリのタイミングだった。ところどころ道路が冠水していてスリル満点。水かさの増えた激しい濁流は車窓から見ているだけでも恐かった。でも、切り立った山々がとても美しかった。

パンゴン・ツォは予想を超える絶景だった。空の青さと雲の白さが湖面に映えて刻々と色が変わり、夕方には赤く染まった。わざわざ行っただけの値打ちは十分あった。

ラダック旅行は思っていた以上のインパクトだった。どの景色もじつに壮大だった。それにも増して、電気もまともに使えない村での民泊などが新鮮で強烈だった。そのおかげで帰国してからエコ生活になっているし、当地のヘルシーな食事で減った体重はそのままキープできている。

いまも、毎日ちょっとずつだけれど、「オムマニペメフム」と、マントラを唱えながらマニ車を回している。もちろん、ラダックの人々と同じように、世界の平和とみんなの幸せを祈りながらだ。そんなことをして何になるのかと思われるかもしれない。しかし、世界中の人たちが、平和と幸せを毎日祈ったら、世の中が少しずつ変わるかもしれないと妄想している。それに、何となく気持ちが落ち着く。笑われるかもしれないけれど、ラダックを体験し、その程度のことで世界中がきっとうまくいくようになるのではないか、と本気で思えるようになってきたのでありました。いやぁホンマにええ旅でした。

なかの
つぶやき

ラダックで何よりも素晴らしいのは、真っ青な空。どうしてあんなに青いのかがわかりません。もう来ることはないやろうなぁと思いながら帰ってきたのに、翌年また行ったのは、その空の青さが最大の理由であります。

はじめてのネパール（その1）

ランタン谷トレッキング

2019.05.18

平成から令和への改元の一〇連休は、ネパールの首都カトマンズの北部にあるランタン谷に行ってきた。主峰ランタン・リルンが標高七二三四メートルなので、八〇〇〇メートル峰がいならぶヒマラヤ山脈にしては小ぶりの山群である。しかし、天候にもツアーメイトにも恵まれ、すばらしいトレッキングを楽しめた。

ヒマラヤトレッキングは積年の夢であった。残念ながら、夏休みの時期はモンスーンシーズンで、行くとなれば乾期である十月から五月になる。さすがに夏休み以外に長期休暇はとりにくいのであきらめていた。なので、GWが十日間の連休になりそうと聞いて真っ先に申し込んだ。エベレストやアンナプルナに近づくには十日間では短すぎる。

香港経由でカトマンズへ。一泊して早朝にヘリコプターでランタン谷へと飛ぶ。なんと、関西空港を出てわずか二十四時間でシャクナゲ咲く標高三〇〇〇メートルのランタン谷に到着。まるで夢のようだ。そこから、ゆっくりすぎるくらい高度順化しながら登っていく。最初は、美しく咲くシャクナゲの谷。そして次第に灌木《かんぼく》帯へと移り、ランタン・リルンや周囲の六〇〇〇メートル級の山々が姿をあらわしてくる。

この谷は二〇一五年四月二十五日のネパール大地震で大きな被害を受けた。ランタン谷を行き先に選んだ理由のひとつは、訪れることが震災復興のいちばんの助けになる、という記事を読んだことにある。四〇〇名の村民が住んでいたランタン村の半分は地滑りで完全に壊滅。トレッカーたちを含む死者行方不明者は二五〇名を数えた。地滑り被害がなかった上ランタン村でも建物はほとんど倒壊したので、現在ある建物すべてが震災後に建てられたものだ。建造物のそろった真新しさが悲しみを誘う。

ランタン村でも一泊し、丸三日かけて標高三八四〇メートルのキャンジン・ゴンパ村に到着した。メインはそこからキャンジン・リという山への標高差約九〇〇メートルの登山である。文句なしの快晴で、素晴らしい大迫力の展望を楽しめた。

帰路はひたすら下り道。ヘリコプターで二十分しかかからなかった往路が、徒歩一日半とオンボロバスで八時間。文明の威力というのはいかにすごいかを思い知らされながらカトマンズへと戻っていったのでありました。

なかの
つぶやき

ヒマラヤといえば、エベレスト、アンナプルナ、世界第二の高峰Ｋ２を眺めに行きたいと思っています。相当に日数がかかるのはいいとして、お金と体力、さらには新型コロナの問題もあるし、どうなるかは未定ですが。

はじめてのネパール（その2）

脱ネット生活

2019.05.25

僻地へ行くと、好むと好まざるとにかかわらず、ネットから離脱せねばならない。もちろん、すこしスピードが遅いとはいえ、カトマンズのホテルや空港ではWi-Fiが使える。なので、ヘリでランタン谷へ飛ぶぎりぎりまでメールチェックなどをしっかりと。

このあたりまでは日本にいる時と同じくネット依存気味なのだが、それからの一週間はキッパリとネットなしの生活だった。いつもの日常生活ではつながらなかったら不便きわまりなくてイライラするタイプだが、僻地休暇中だとまったくそんなことはない。

トレッキング中に通った谷間の小さな村々では、どこにもWi-Fiの設備がなくて、つながりたくともつながれない。そうして、丸二日もネットから離れていると、どうして普段ネットなんかに縛られているのだろうという気がしてくる。勝手なもんだ。歩いて三日目の夕方に到着したキャンジン・ゴンパのロッジにはWi-Fi設備があった。しかし、すでにネットなし生活になじんでいて、もはや有料のWi-Fiなど使う気がしない。わずか三日で日本のことなどどうでもよくなったのだ。それが四月三十日のことである。

翌朝、夜明けを眺めながら、「うつくしい令和の初日の出ですね」などと語り合うこともなく、淡々と改元の朝を迎えた。改元の直前と直後、日本でどれくらいの騒ぎがあったか知らないが、元号がかわる日というのは、騒ごうと思えば騒げるけれど、気にしなければ特段に騒ぎ立てるほどのことではないっちゅうことがよくわかりましたわ。

一週間もチェックしなければ、さぞかしメールが溜まって困ると思われるかもしれないが、そうでもない。これまでの経験から、メールなどというものは、返事を書くからヤギさんの手紙みたいにどんどん来るということがわかっている。レスポンスしなければ、それほど数は増えないのである。連休のせいもあっただろうけれど、案の定、わずか二〇〇通足らず。それもジャンクメールがほとんどで、読まねばならぬのは一割以下。すぐに返信が必要だったのはたった五通だった。

ネット依存の若者が多いと聞くが、ぜひこういう場所に行かせてみればいい。簡単にネットなしの生活になじめるはずだ。というより、なじむしかない。もしなじめなくて禁断症状が出るようなら、すぐにネット依存の診断をつけることができます。

なかののつぶやき

一二人のツアー仲間のうちお二人は、改元の前日に超貧弱なWi-Fiでネット接続されました。ニュースは平成最後とか令和とかであふれていますとの報告がありましたが、他のみなさんはほとんど興味を示されずでした。

はじめてのネパール（その３）

旅はみちづれ

2019.06.01

今回は、登山専門の旅行会社のトレッキングツアーを利用した。参加者はツアーリーダーを含めて計一三名。トレッキングというのは基本的に暇である。歩きながら、食事しながら、お茶を飲みながら、みんなであれやこれやといろんなお話をする。

いちばんの話題は、どの山がよかったか、につきる。平均年齢が六十歳代半ば（↑推定です）ということもあって、みなさん、よくそんなところへ、というような場所まで、本当に旅行歴・登山歴がすごい。だから、あそこへ行ってみたいんですけどと尋ねると、その山へは行ったことがありますわ、ということになって話が弾む。

こういったツアーでは名簿が配られる。昔は、住所や年齢まで書いてあったのだが、最近は個人情報の関係で、名前と現住所の都道府県までしか記載されていない。自己紹介をするとはいえ、職業については、技術系でとか、事務系でとか、なんとなくぼかし気味の話し方になる。明かして困る訳でもないし、親しくなってからきちんとお話しすることもある。しかし、過去に参加した登山ツアーでも同じような感じだったから、なんとなくこういうのが暗黙の了解事項になっているのだろう。

そんな状態なので、限られた情報から、どんな人かを想像することになる。一週間以上も共同生活をおくるので、おぼろげながらとはいえ、それぞれの人となりが次第にわかってくるし、職業もおおよそ察しがついてくるのが面白い。

途中で、仲野さんは大学関係者ですか、と尋ねられて、少し驚いた。隠し立てするほどのことでもない。はい、そうですけど、どうしてわかったんですか、と聞いてみた。定年後に大学院で「科目等履修生」をしていますという話をした時に、それが何であるかをよく理解しておられるみたいだったので、そうかと思いました、とのこと。なるほど、こうやっていろいろなことがバレていくのだよ、ワトソン君。

親切で愉快な人たちばかりで本当に楽しいトレッキングツアーだった。山から下りてアルコール解禁になった日は、解放感もあって、完全に仲良しの宴会状態で遅くまで大騒ぎだった。単純すぎると思われるかもしれませんけど、こんな時、山ってホンマにええなぁ、って素直にうれしくなってしまうんですわ。

なかののつぶやき

ツアーに、名字の違うカップルがおられたりすると、みんな興味津々になります。でも、関係を直接聞くのは憚《はばか》られるので、そのカップルがおられない時に、さまざまな憶測に基づいた激しい議論が交わされることに。

はじめてのネパール（その4）

進化はすごい

2019.06.08

高所のトレッキングツアーでは、健康チェックのため、朝食前と到着後に携帯用のパルスオキシメーターで動脈血酸素飽和度（SpO_2）を測定するのがおきまりだ。標高三五〇〇メートルになると大気の酸素濃度は平地の六五パーセント程度しかないので、安静状態でもSpO_2は八〇パーセント台に落ちてくる。息苦しくはないようだが、中には、呼吸法がよろしくないためか、七〇パーセント台の人もいたりする。戯《たわむ》れに現地のガイドさんのSpO_2を測ってみたら、九〇パーセント以上もあった。高地では、我々が深呼吸した時にやっと到達できるくらいのレベルなので、びっくりだった。

HIF-1（低酸素誘導因子1）というタンパク質は、その名のごとく低酸素に反応して活性化される。そして、赤血球を作るためのホルモンであるエリスロポエチンの遺伝子発現を促進する。高地に住むと、このような分子機序で赤血球の産生が促進され、多血症になる。しかし、意外にもチベット高地民には、そのHIF-1が機能しにくくなるような遺伝子多型の存在することが知られている。そのような多型を持つ人は、高地に住んでも赤血球が十分に作られなくなるにもかかわらず、だ。赤血球が増えすぎた状態である多血症になると、酸素運搬能は向上するが、血管が詰まりやすくなる。おそらくは、そういったリスクを避けるために、このような遺伝子多型が広まったと考えられている。進化というのは微妙なバランスの上に成り立っているじつに不思議なものだ。

赤血球が増えなければ息が苦しくなってしまうのではないかという気がする。しかし、どうやらそれは、呼吸法――呼吸の深さと回数――や心機能で補われているらしい。高地で生きるには、生理学的な適応も進化と同じく重要なのである。

ポーターさんたちはすごい。小柄だけれど、四〇～五〇キロほどもある荷物を、おでこにかけた紐で支えて背中に担ぎ、我々よりもはるかに速く歩く。中にはサンダル履きのポーターさんもいる。お金が貯まったらスニーカーや登山靴を買うというから、泣ける。経済格差を利用してトレッキングをしているようで、後ろめたいような気もするが、いかんともしがたい。いやぁ、ホントにありがたいことで、感謝しかありませんわ。

ということで、ランタン谷トレッキング全四回はこれにておしまいであります。

なかののつぶやき

高山病の予防に使われるダイアモックスという薬は、副作用に手のしびれ感があります。なので、しびれを感じたら効いてるような気がします。でも、残念ながら、それと高山病の予防効果とは関係がないのであります。

ラダック再訪（その1）　JK問題

2019.08.31

昨年に次いで、二年つづけてインド最北部のラダックを旅行してきた。基本的に同じ場所へは観光に行かないことにしているのだが、今回は例外だ。理由はもちろん、去年行って素晴らしかったから。

いざ出発、の前日、JKを巡る不穏なニュースが飛び込んできた。JKといっても女子高生のことではない。ラダックが属するジャム・カシミール州のことである。この州はパキスタンに接する三つの地域から成り立っている。東側に位置して中国とも国境を接するのがラダックで、主な宗教は仏教。西北が九割以上をムスリムが占めるカシミールで、西南がヒンドゥー教徒の多いジャムとなっている。いかにもややこしい地域だ。

その日、ジャム・カシミール州から自治権を剝奪《はくだつ》し、インド連邦直轄地にするとの発表がなされたのである。パキスタンからの越境テロに対応するためというのがインド側の主張だが、これまで実質的には両国の中立的地域だったのをインドの直轄地にするというのだから、パキスタンは猛烈に反発。もちろん宗教もからんでいる。

なんというタイミングで、なんちゅうことをしてくれるねん、ホンマに。それに今回は、パキスタン国境に近いハヌーという村まで行くことになっている。SNSには、観光目的程度なら、そんな所まで行かないほうがいいと書いてある。しかし、いまさらそんなこと言われてもなぁ。まぁ、いきなり戦争が始まる訳でもあるまい。それに、高校の同級生がインド大使をやっているから、万が一のことがあったら助けてくれるにちがいない。などと、甘い言い訳を見つけながら、ちょっと迷いつつも行くことに。

実際には、まったく問題などなかった。それどころか、ラダックにいたっては、これまで一緒にされていたジャム・カシミールとは別の独立した直轄地になり、宗教上の軋《あつ》轢《れき》がなくなるというのでむしろ歓迎ムードだった。どういうこっちゃねん。

結果論とはいえ、こういうのは現地へ行ってみないとわからんもんである。無謀なことはダメだけれど、怖がりすぎるのもよろしくないということだ。そういえば、四年前には、同時多発テロ直後のパリにも行ったことがあったんやったなぁ。

ということで、六回にわたってラダック再訪記を書いていきます。これほど素晴らしい旅はないというほどバラエティーに富んだ十二日間でした。

なかののつぶやき

祭などの時に花で着飾る「花の民」が住むハヌーは美しい村で、遠くに見える山の向こうには桃源郷があるのかと思えるような景色でした。が、考えてみるとそこにあるのはパキスタン。国境問題は難しくて悲しいです。

ラダック再訪（その2）

千年一日がごとく

2019.09.07

ラダックには、京都大学がいろいろなフィールド研究をおこなってきたドムカルという村がある。観光名所など皆無《かいむ》の村で、その何もなさを観光資源にしようと企《くわだ》てられたほどだから、相当なものである。川に沿った一〇キロほどの間に点々と集落があり、高低差は一〇〇〇メートル以上におよぶその村を訪れた。目的は、もちろん、何もなさを味わうためである。我ながら酔狂といえば酔狂なことだ。

いちばん高い場所に位置する標高四〇〇〇メートルほどの集落にもちゃんと小学校があって、一〇人足らずの子どもたちがまじめに勉強していた。ラダックの子どもたちはくりくりした目がきらきらしていて、本当にかわいらしい。

水車小屋では、老女が炒《い》った大麦を石臼《いしうす》で挽《ひ》いていた。ツァンパ＝麦焦がし、大阪でいうところの「はったい粉」作りである。このあたりでは、ツァンパを壺に入れて、いつでも食べられるようにしてあって、ときどきポイポイと口に放り込んでいる。

やたらとよく喋る明るい老女で、家に来てお茶を飲んでいけという。あつかましいけれど、遠慮なくおうかがいすることに。老女と書いているが年齢はよくわからない。日光が強いせいか、皮膚がすごく荒れていて、ちょっと見当がつかないのだ。

ラダックでお茶といえばバター茶である。日本人を含む外国人にはあまり人気がないようだが、私はけっこう気に入ってよく飲んでいた。作るのにやたら体力と時間がかかるバター茶と、ツァンパと、そのあたりではおそらくは貴重品であろうパンをありがたくちょうだいした。どれもインパクトのある味で、一生忘れることはない。村人以外がやってくることなどほとんどないから、そうして招いてくれたのだと思う。十五分ほどで失礼したが、その親切には恐れ入った。

「あんたがた日本人は、こんなところまで来るなんて、ほんとに暇なのね。私なんか、毎日することがいっぱいあって、遠いところなんか行けやしないわ」

別れ際、ドムカルの老女に言われた言葉が忘れられない。現代文明から遠く離れた場所で、日々同じことを繰り返す生活には絶対耐えられない。しかし、人間の幸せっていったい何なんだろう。真剣に考えこまされずにはいられなかった。

なかののつぶやき

チベット仏教の影響もあるのでしょうか、ラダックの人たちはみな親切です。この老女も、見知らぬ旅人におもてなしをしてくれました。おみやげ用に持って行った扇子《せんす》をお渡ししたけど、使ってくれたはったかなぁ。

ラダック再訪（その３）
Becoming Who I Was

2019.09.14

チベットが中国化を強いられる中、いまやラダックはチベットよりもチベットらしいと言われることがある。そこでの主たる宗教、チベット仏教では輪廻《りんね》転生《てんせい》が信じられている。科学的な見地から、いくらなんでもそんなことあるはずがないと思うのだが、かの地ではたくさんの例があるという。なんでも、その転生は、前世の記憶の確認によっておこなわれるそうだ。なかでも、高僧（リンポチェ）は幾度も生まれ変わるとされていて、あのダライ・ラマも、そうして認められた偉大なリンポチェの一人である。

韓国で作られた「輪廻の少年」というドキュメンタリー映画がある。その原題が“Becoming Who I Was”、「以前の私になる」とでも訳せばいいのか、なかなか示唆に富んだタイトルだ。主人公は、パドマ・アンドゥ少年と、そのお世話をするウルギャンさん。アンドゥ少年は、チベットの寺院に住んでいたリンポチェの生まれ変わりである。いつか前世での弟子がチベットから迎えに来ると信じ、リンポチェとして暮らしている。

しかし、中国のチベット政策のせいか、お迎えはいつまでたっても来ない。輪廻にはよくあることらしいが、成長するにつれて前世の記憶が薄れていく。次第に立場の悪くなるアンドゥ少年は、ウルギャンさんと共にチベットを目指す長い旅に出る。

というのがあらすじだ。チベット仏教の寺院、二人が助け合うサクティ村での質素な暮らし、ラダックの美しい風景、そして、何よりもアンドゥ少年の輝くような表情。どのシーンも素晴らしい。そして、最後は何度見ても絶対に泣ける。

今回のラダック行きの主たる目的は、ドムカル村、トレッキング、そして、サクティ村でのお祭り（ツェチュ）見物、の三つだった。ツェチュでは、チベット文化圏に仏教を伝えたインド出身の聖者グル・リンポチェを讃《たた》える仮面舞踏が繰り広げられる。

そのクライマックスの隊列の中に、何と成長したアンドゥ少年を発見。うわぁ、いまも元気に修行してるんや！　昔に会ったきりの親戚の子に巡り会えたような気持ちがした。幼い頃からいくつもの紆余曲折《うよきょくせつ》を経験したためだろうか、心なしか憂《うれ》いを含んでいるように見えたのが気になったが、それはいいとしておこう。そして、翌日はウルギャンさんに会いに行くことに。

なかののつぶやき

ツェチュでは、僧侶や動物など、さまざまな仮面をかぶっての舞踏がくりひろげられます。たぶん仏教の教えが説かれているのでしょうけれど、意味はわからず。でも、にぎやかな音楽と踊りだけで十分に楽しめます。

ラダック再訪（その4）

アムチ一日入門

2019.09.21

チベット文化の色濃いラダックには、アーユルベーダに由来するとされる伝統的なチベット医学がある。しかし、鎮痛剤や抗菌薬など、即効性が目に見える薬物による西洋医学が導入され、そちらが圧倒的に優勢になった。ところが、慢性疾患にはチベット医学のほうがよさそうだという揺り戻しがあって、今ではうまく棲《す》み分けた併存状態にあるそうだ。チベット医学の伝統医であるアムチも、だいぶ持ち直したらしい。

前回紹介した「輪廻の少年」のウルギャンさんはアムチである。お目にかかれるかどうかわからなかったのだが、運良く都合がついて、まる一日お相手をしていただけることになった。まずは、小さくて質素な診療所へ。棚には、丸薬が瓶に詰められてぎっしりと並べてある。地元の少年が腹痛でやってきた。問診、視診、舌診、そして脈診。あっという間に診察は終わり、お薬の調合になった。診療報酬は「お布施」みたいなものので、お金でもいいし、農作物でもいいし、貧しい人は感謝のことばだけでもいいとのこと。そんなであるから、アムチは地元の人たちの尊敬を集めている。

薬は高山植物から作られるものが多くて、その採取のお手伝いもした。まずは標高四〇〇〇メートルあたりでピクニックをして腹ごしらえ。雪をかぶった高い山、そして真っ青な空に白い雲。それをバックに、草原でカモミールを摘《つ》んでいくアムチ。まるで夢か映画の名シーンを見ているようだった。そんな素晴らしい景色の中での食事を、我が人生最高のランチと認定した。

昼食後はさらに高いところ、標高五〇〇〇メートル近くでの薬草採取にお付き合いした。そこでは美しい紫色の花を咲かせている高山植物を摘みまくった。う～ん、こんなことしてええんか、という気もしたが、このあたりの事情に通じたアムチの指示だからいいのだろう。きっと、また来年には生えてくることだろうし。

最後は薬作りの実演指導を受けた。大きな石皿の上に乾いた薬草を載せて、二キロほどの楕円形《だえんけい》の磨石《すりいし》で砕いていく。いくらやっても粉になっていかないのを、二の腕太きアムチは横で見ながら笑っていた。この日のためだけにでもラダックまで来た甲斐《かい》があったと思えるほど素晴らしい一日だった。感謝しかない。「ジュレー」である。

なかの
つぶやき

ラダックの食べ物は、インド料理のようなスパイス系のものではありません。チベット風蒸し餃子のモモ、うどんみたいなトゥクパなど、口にあうものが多かったです。酒類があまり飲まれないのは残念でしたけど。

ラダック再訪（その5）

トラブル克服

2019.09.28

旅にトラブルはつきものだ。とりわけ僻地や高地の旅行では健康維持に気をつける必要がある。今回は六人のグループだったが、うち一人は下痢でほぼ二日間ダウン。もう一人は高山病で緊急入院。かなり心配したけれど、酸素吸入をして筋肉注射をしてもらったらよくなったらしい。酸素吸入はともかく、高山病に効く注射など聞いたことはないが、まぁよしとしよう。しかし、その治療費には驚いた。

高かったのではない、むちゃくちゃに安かったのだ。わずか四〇〇ルピー、日本円にして六〇〇円。物価の違いを考えても激安である。なんでも、ラダックの住民には特別な医療優遇政策がとられていて、外国人にも適用されるとのこと。素晴らしい。

私といえば、虫刺されに見舞われた。ドムカル村での朝、右手の中指に痛みと痒《かゆ》みを感じ始めた。部位は第一関節と第二関節の間、中節の背側だ。見れば、ちょうど中央に一ミリくらいの出血があって、その周り直径一センチほどが蒼白《そうはく》になっている。おかしな虫刺され跡やなぁと思いながら眺めていると、あっという間に、指の中節だけが発赤を伴ってパンパンに腫《は》れてきた。出血部位に何かの針が残っているようでもない。見回しても虫らしき姿は見当たらないので、何に刺されたかはわからない。

ステロイド剤を持参していたので、塗って様子を見ようかと思ったけれど、どうにも我慢できない。それに、腫脹《しゅちょう》も痒みもどんどんひどくなる。なんなんや、これは。病院など何時間も離れたところにしかない。悪い毒がはいっていて全身に回ったりしたらどうすんねん。死ぬかもしれんがな。と恐れおののき、アーミーナイフで小さな切開をいれ、腫れた中節をマッサージするようにして体液を絞り出した。一ミリリットルにも満たないごくわずかな量である。が、驚いたことに、みるみるうちに腫れはひき、痒みも治まった。おぉ、素晴らしい判断！　我ながら名医ではないか。

帰国してから調べてみたが、結局のところ何に刺されたかはわからずじまい。経過からいうと、何かの虫毒がはいって、それをうまく絞り出せたとしか思えない。しかし、そんなことってありえるんやろうか。結果オーライとはいえ、いまひとつ納得がいかないラダックのにわか名医でありました。

なかののつぶやき

ドムカルで刺された中指はこんな感じ。あせっていて、写真を撮らなかったのが心から悔やまれます。下のスケッチは自分で描いたもの。字、むっちゃ下手です。

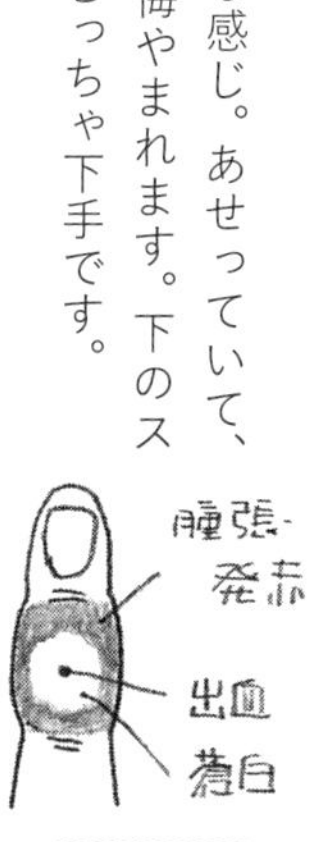

ラダック再訪（その6）

旅の終わりはガンダ・ラ

2019.10.05

ガンダ・ラという標高四九〇〇メートルの峠越え、二泊三日のトレッキングコースを歩いた。初日は三時間ほど歩くだけなので楽勝。家はその民宿だけしかないユルツェという村で宿泊した。ポツンと一軒家もいいところだ。麦畑を前にたたずむ古びた家で、バックには青い空と山、そして白い雲が浮かぶ。なんとも鄙《ひな》びた絶景が最高だった。

二日目は天気が悪かった。四五〇〇メートルを超えたあたりから雨に混じって霰《あられ》が降り出し、峠越えの頃には本降りになったので、あそこに見える定住者のテントで雨宿りをということになった。入り口まで行くも残念ながら住人は不在だ。あっちゃ〜と思ったが、いいから入ろうとガイドさんが言うので、勝手に三十分ほど雨宿りさせてもらった。ホンマによかったんかしらん。空き巣やんか、何も盗んでないけど。

翌日は快晴！　素晴らしいトレッキングを楽しめる、と思ったが甘かった。川がけっこう危ない状態になっていたのだ。増水した川の徒渉《としょう》を二〇回あまりも繰り返すのは相当なスリルだった。それよりもまいったのは泥だ。さすがはインダス川の源流域である。

水はかなり引いていたのだが、前日に川から氾濫《はんらん》した大量の泥が両岸に残ったままになっていた。歩くと、あっという間にくるぶしあたりまでズブズブッと沈んでしまうような状態だった。置き石をしながら歩いていくが、それすらできないところもある。

泥から登山靴を抜くには相当な力がいるし、足をとられそうになる。しかし、やろうと思ってもできない、というより、こんなだとわかっていたら決して来なかったような経験ができて楽しかった。まぁ、今となってはこう書いてますけど、一時はホンマにどうなるかと思いましたわ。

二年連続で同じところへの旅行は初めてのことだった。期待感が強すぎてガッカリするかも、と思っていたが杞憂だった。ラダックは、人も自然も決して裏切らない。

SNSを見ていると、ラダックを再訪したいという人がやたらと多い。面白いところなのに日本人観光客が少ないのは、きっと、あまり知られていないからだろう。興味ある人はぜひお出かけください。滞在費とかは驚くほどリーズナブルです。それよりも、空があくまでも青く、なんせ、むちゃくちゃおもろいですから！

なかののつぶやき

『インドの奥のヒマラヤへ』と『死を喰う犬』というラダック旅行記を立て続けに読みました（いずれも産業編集センター刊）。困りますなぁ、こういう本を出されると。またラダックに行きたくなってしまいますがな。

第九章

新しくて懐かしい老後

第三の孫

2019.06.22

三人目の孫が生まれました。おかげさまで、無事の妊娠・出産でした、と書きたいところですが、なかなか大変でした。妊婦となった長女は子宮内膜症《しきゅうないまくしょう》による不妊症で、まずは内視鏡手術を受け、そして体外授精を経てようやく妊娠した。

あぁよかったね、と喜んでいたのもつかの間、胎盤《たいばん》が子宮口を完全に覆う全前置《ぜんぜんち》胎盤と判明した。絶対に帝王切開が必要で、満期産はまず無理。そのうえ子宮摘出もありえるとのこと。まぁ、しゃぁないわなぁ。元気な子が生まれますように、と願うしかない。

そうこうするうちに、妊娠二十五週で出血して緊急入院。ひゃー、ここで生まれたら極小未熟児やん。さすがにこの時は心配の極致だった。幸いにも出血がおさまったのでひと安心。せめて、障害が残る可能性が低くなる二十八週までと祈っていた。

欲深いもので、それを過ぎると、学齢のことがあるので四月二日の三十週まで、と望みはどんどん延びていく。その間、神社の前を通りかかるたびに、多めのお賽銭をあげてお参りしていた。祈るしかない、という気持ちが生まれて初めて理解できた。

不安なので出産までずっと入院させておいてほしい、という希望は叶えられず、三十週を過ぎて出血もおさまったので、実家である我が家に帰ってきた。ところが、その五日後に出血して救急車で阪大病院に再入院。ほらぁ、いわんこっちゃない。

やや落ち着くも、大量出血で緊急の帝王切開をしますという電話がかかってきたのは二日後、日曜から月曜にかけての夜中の二時頃。行ってもしゃぁないけど、さすがに行かざるをえまい。妻と車で駆けつけた。出産までの間、どれだけひやひやドキドキするかと思っていたけれど、そんなこともなく、暇なのでＰＣで仕事をしていた。あとで聞いたら、あのおじいさんはよほどのインテリなのかとスタッフに噂されていたらしい。

産科の先生は大変だ。親でさえ、邪魔くさいなぁこんな時間に行かなあかんのか、と思うような深夜に駆けつけて手術である。感謝しかない。待つこと一時間半ほど。赤ん坊が保育器で運ばれてきた時は本当にうれしかった。お医者さんに、おめでとうございます、お母さんの子宮もちゃんと残せました、と言っていただいた時には涙がでた。

妊娠中が大変だったので、生まれるなり、偉かったねぇと褒められまくっている第三の孫、丈。これからは、心配かけずにすくすく育ってくれることを祈るばかりです。

なかのの
つぶやき

こうやって生まれた孫も二歳になり、義太夫を語って聴かせると、やたらと笑ってくれるようになりました。孫は男・女・男の三人で、ホンマはもうちょっと欲しかったんですけど、打ち止めの模様であります。

おぉ〜タカラヅカー！

2018.06.23

宝塚歌劇を観に行ってきた。人生二度目、ほぼ半世紀ぶりの経験である。宝塚は大阪の北西、都心の梅田から阪急電車あるいはＪＲで三十分あまりの場所にある。かの小林一三《いちぞう》が、開業したものの閑古鳥《かんこどり》が鳴く箕面《みのお》有馬電気軌道（阪急電鉄の前身）の乗客増を狙ってつくったのが宝塚歌劇団の始まりだ。

団員は宝塚音楽学校の出身者だけで、入団した後も「生徒」と呼ばれる。何と、その入学募集要項には「容姿端麗で」とはっきり謳ってある。それに、ご存じのように団員は結婚したら退団せねばならない。他にもたくさんの厳しいルールがあるらしい。考えてみれば、今のような時代に問題にならないのが不思議なくらいのすごいシステムだ。

宝塚駅から「花のみち」という綺麗な小道を歩いていくと、宝塚大劇場が見えてくる。その規模に驚いた。せいぜい一〇〇〇人くらいのハコだろうと思っていた。なんのなんの、大劇場だけで座席数は二五五〇もある。それが連日満席なのだからすごいものだ。

建物はお城っぽいし、ロビーには赤いカーペットや豪華なシャンデリアが。足を踏み入れただけで、何となくウキウキしてくる。そして、お客さんの九割方は女性。歌劇団の制度も含めて、「タカラヅカ歌劇特区」なのではないかという気がしてくる。

　観劇したのは平成三十年の五月星組公演。一部は、古典落語に題材をとった「ANOTHER WORLD」で、相当に笑えた。二部の「Killer Rouge（キラー ルージュ）」は絢爛《けんらん》豪華な古典的レビューといえばいいのだろうか、ストーリーはあるようなないようなだが、歌と踊りが半端ではない。衣装もすごい。出てくる人数もすごい。その上、初舞台生のラインダンスもあって、唖然《あぜん》、呆然。気がついたら口が半開きになっていて、あわやよだれが垂れるところ。危ないところでありました。

　数日後、ヅカファンの落語家さんたちによる、知る人ぞ知る「花詩歌タカラヅカ」なる出し物を、上方落語の定席である天満天神繁昌亭に観に行った。女装の落語家さんたちが大熱演で死ぬほど笑えた。クレジットにうるさいといわれる宝塚歌劇だが、見て見ぬふりをしているとか。あまりのことに相手にしたくないんでしょうね、きっと。

　いやぁ、初公演から百年あまり、まったく知りませんでしたけど、タカラヅカというのは完全にひとつの文化を形成してますな。ええ勉強させてもらいましたわ。

なかの
つぶやき

宝塚歌劇に関連する特殊な言葉を知りたい方には『宝塚語辞典　宝塚歌劇にまつわる言葉をイラストと豆知識で華麗に読み解く』（誠文堂新光社）がオススメです。まぁ、知ってたところでたいして意味はありませんけど。

お雛さんを買いに

2019.02.23

誰が決めたのかは知らないが、節句人形は嫁の実家が贈る習わしになっているらしい。三十年以上前だが、妻の実家からびっくりするほど大きな七段の雛飾《ひなかざ》りをもらった。現金のほうがうれしいけどなぁ、と思わず口走って叱られた。懐かしい思い出である。

初孫は男の子だったので、初節句に銀の兜《かぶと》を贈った。というと高価に聞こえるかもしれないが、手のひらサイズの小さなもので、その時はネットで選んで購入した。

平成三十年の末に二人目、女の孫が生まれた。面倒だし、今度もネットで購入と思った。が、ちょっと検索しただけで、雛人形は顔立ちや衣装、サイズなどが千差万別である。これは実物を見ねばなるまいと、人形の街・松屋町へ赴《おもむ》いた。

大阪人は「まつやまち」ではなくて「まっちゃまち」と発音する。世界的にもこんな通りはないだろう。道の両側に何十軒もの人形屋さんが並んでいる。この時節はもちろん雛人形一色である。駅の近くの大きなお店に入った。見るからに何もわかってなさそうな爺と婆、カモが到来と思われたのだろうか、お店のおじさんが張り付いてくる。

いまや住宅事情から、七段飾りはほとんど売れないらしい。娘夫婦もマンション住まいで大きなセットなど飾れないから、狙いは二人飾りである。これとて値段はピンキリだ。並べてあるのを比べると、顔立ち、造り、着物など、素人目《しろうと》にも高価なもののほうがよく見える。しかし、正札を見るとよさげなものは予算をはるかにオーバーしている。

お店のおじさんが耳元で囁《ささや》く。「この数字は百貨店価格で、うちは大きく値引きします」とか、「今日は採算を度外視で、多売することになってますから超お得です」とか。

電卓でこっそりと割引価格を教えてくれるので、ちょっとわくわくする。さすがはプロである。心を見透かされたかのように、予算の上限ちょうどくらいが提示されて、即決とあいなった。しかし、その価格が妥当かどうかなどまったくわかりませんわな。

もっといろんな店を見て回って比べたほうがよかったのかもしれない。が、そのおじさんによると、即決されないお客さんは迷い続けられて大変なだけです、とのこと。

とても楽しいお買い物だった。お雛さんを買うのは孫のため、ではなくて、孫に楽しませてもらっているのかもしれない。その割にはお金がかかりすぎるのが問題ですけど、まぁ一人につき一回きりなので、よしとしておきましょう。

なかの
のつぶやき

大阪は、神さま仏さまではなくて、神さん仏さんと呼ぶような土地柄です。なので、お雛さまよりお雛さんと呼ぶのが普通です。何となくそのほうが親しみがあってええように思いますけど、どうですやろ。

ことばを覚える

2018.11.03

ラジオ語学講座、十月から新学期である。半年単位で開講される「まいにちスペイン語」は、六クール目の初級編。早い話が、ほとんど上達してないっちゅうことですわ。

なんでも、我が大阪大学の外国語学部において留年率の高い学科は「地獄のヒンディー、情熱のスペイン、極寒のロシア、灼熱《しゃくねつ》のアラビア」といわれているらしい。地獄、極寒、灼熱は何となくわかるとして、情熱というのはようわからんなぁ。情熱的にむずかしいということなんでしょうか。

スペイン語は発音が日本語に似てるから学びやすい、などというのは誤った噂である。確かに発音はそうかもしれんが、それだけで話せたら誰も苦労はせんだろう。動詞の活用がややこしいし、時制がたくさんありすぎる。当然のように男性名詞と女性名詞がある。その上、形容詞まで名詞の性に応じて語尾変化するものがある。英語に似ているところとちがっているところがあるのも悩ましい。堪忍してほしいわ、ほんまに。

以前、聞いて学ぶという語学教材を使っていたが、まったくだめだった。ルールを知らずに動詞の語尾変化を耳から覚えたりするのはえらく非効率だ。じゃまくさそうに見えても、文法からはいったほうが早い。学問と同じく語学修得にも王道はない。

そこへいくと、子どもの言語習得能力は素晴らしい。二歳四カ月になる孫は、自分なりにずっと実況中継している自動おしゃべり機械のようだ。しょっちゅう言い間違えているが、なおされているうちに、文法の規則が身についていきている。あたりまえながら、スペイン語みたいに難しい言語であっても、母語とする子どもたちは、耳から聞いて覚えていくはずだ。いやはや、おっさんスペイン語学習者には信じがたい。

細々とはいえ、スペイン語を学び続けているのには訳がある。定年後に、南米各地の語学学校を二～三カ月ずつくらい渡り歩いて南下する。そして、流暢《りゅうちょう》なスペイン語を身につけて、颯爽《さっそう》と南米大陸最南端のパタゴニアを旅行したいと夢見ているのだ。メキシコのメリダ、グアテマラのアンティグア、コスタリカのサン・ホセ、ペルーのクスコとかで観光しながら勉強するって、むっちゃええと思わはりませんか？

ほんまに行くのかどうか、自分でもようわかりません。でも、ラジオ講座をやめたらそこで万事休すみたいな気がするんで、しぶとく続けているのであります。

なかの
つぶやき

ＮＨＫ Ｅテレの語学番組「旅するナントカ語」は生徒役の旅人がけっこう豪華で楽しめます。フランス語は勉強する気など全然ないんですけど、ファンなので、女優の黒木華《はる》さんが生徒役の時はずっと視聴していました。

鰹節削りで親孝行

2019.03.09

子どもの頃は、ちょっとしたお手伝いをよくしたものだ。祖父のタバコを買いにいったり、祖母の医者通いや買い物の荷物持ちについていったり。お駄賃《だちん》に一〇円玉をもらえるのがうれしかった。そう言えば、タバコ屋さんはいつもアメ玉をくれてたなぁ。

中学校に入る頃まで、我が家は五右衛門《ごえもん》風呂であった。それも、燃料はガスや石油ではなくて木だった。近所の果物屋、八百屋、魚屋、塩干屋さんから、木の箱をもらってくる。その箱をばらして、金槌《かなづち》で釘を危なくないようにしてから使っていた。基本的には母親の仕事だったが、狭い裏庭で、その日に学校であったことなど話しながら手伝うのが楽しかった。だから、これは駄賃なしの無償奉仕にしてあった。こういう話を思い出していると、どんだけ歳をとったんや、という気がしてくる。いまや、箱はすべて段ボールだし、きっと街中で箱をくべたりすると、煙に苦情がくるにちがいない。

すっかり忘れていたのだが、鰹節《かつおぶし》を削るのも、けっこうお気に入りの手伝いだった。昔は、味噌《みそ》屋さんとか鰹節屋さんが近所にあったのも懐かしい。どうして思い出したかというと、同居している母親が、テレビ番組で美味しそうな鰹節が削られているのを見て、死ぬまでに一度、削り立ての鰹節で卵ご飯を食べてみたい、と言い出したのである。

ときどき「死ぬまでに一度」詐欺にあわされているのではあるが、これくらいならたいしたことはない。はて、ネットで買おうかと思ったのだが、それも味気ない。

大阪ではちょっと有名な、レトロな町並みが残っている空堀《からほり》商店街を散歩していて、偶然、鰹節屋さんに遭遇した。覗いてみると、鰹節削り器も売っている。昔ながらの桐《きり》製のやつを五〇〇〇円ほどで購入した。家に帰ってやってみた。刃の出し方が微妙で、なかなか上手に削れず粉みたいになってしまう。それでも、驚くほど美味しい。いやぁ、鰹節ってこんなに香りと味が濃かったんやとびっくり。

パックの鰹節なんかとはぜんぜん違う。ほとんど別物だ。年末に京都の錦市場で買ったけっこう高価な削りたての鰹節とも比べものにならない。「思い残すことはない、死んでもええ」とまでは言わなかったけれど、母親も大喜びだ。

ちょっと贅沢、とはいえたかがしれている。久しぶりに親孝行もできたし、えらく満足度の高いお買い物でありました。みなさんもいかがでしょう。

なかののつぶやき

ネコまんま、大阪では味噌汁をご飯にかけたものですが、東京では鰹節ご飯のことらしいですね。美味しい鰹節をふりかけたご飯は人間様の食べ物ですから、ネコまんまなどという蔑称で呼ぶのはいかがなものでしょう。

私的ビンテージ衣服

2020.12.12

この秋、初めてコートを着た日のこと。同居している母親が何を思ったのか「新しくバーバリーのコートを買ったのか」という。「ちゃうがな、これはお母ちゃんが最初のヨーロッパ旅行へ行った時、ロンドンからわざわざ電話して背丈を聞いて買ってきてくれたやつや」とこたえる孝行息子（＝私です、念のため）。

妻が一人目の娘を産んだ時の産休中だから三十五、六年も前のことである。信じられないかもしれないが、体型がその頃のままなので、いまだにそのコートを愛用している。カーキ色のいちばんオーソドックスなスタイルのものだ。さして大事に着ている訳ではないが、少しも傷《いた》んでいない。まぁ、コートというのは寒い時に比較的短い時間しか着ないので、長持ちしても当然かという気がしないでもない。

ちょっと飽きてきたので、他の英国メーカーの似たようなコートを買ったことがある。二着を同じように着回していたのだが、そちらの綿一〇〇パーセントのコートは数年でダメになった。バーバリー君はポリエステルと綿の合繊《ごうせん》なので強いのだろう。

単に古いだけ、という言い方ができなくもないが、私的にはビンテージ衣服である。

このコートがいちばん古いかというと、さらに古い服もある。初めて誂《あつら》えたスーツだ。二十八歳の時、初めて海外への学会出張をした。行き先はセントルイス。それまではブレザーしか持っていなかったが、アメリカ人に舐《な》められたらあかんと思って新調した。

グレーの何の変哲もないスーツ。段取りがわからなかったので、イージーオーダーは岳父についていってもらった。二人で出かけることなどめったになかったので、今となってはとてもいい想い出になっている。そのスーツ、昔はよく着ていたが、今は教授室のロッカーにある。急にちゃんとした格好をしなくてはならない時のための「置き服」だ。せいぜい年に三〜四回しか出番がないから、ほとんど傷みが進むことはない。

もう一枚、ドイツ留学中にはすでに着ていたので、三十年以上前に買ったことは間違いないウールのシャツがある。渡独に備えて買ったような気がするのだが、記憶は定かでない。汚れが目立たない茶色のシャツで、とても暖かいから厳冬期に重宝している。

三十年越しの服、ここまでくると家宝ものである。着ないで保存というのはいまいちなので、大事に使いながら死ぬまでもたせようと密かに目論《もくろ》んでいる。

なかののつぶやき

三着の私的ビンテージ衣服、とりたてて高価なものでもないし、うんと思い入れがある訳でもない。でも、三十年以上にもなると、否が応でも愛着が湧いてきて、年数がたてばたつほど捨てにくくなっています。

一月三十一日の奇跡

2021.02.27

二日酔いで目が覚めた日曜日、令和三年一月三十一日の朝。前日に委員長として記者会見に臨んだ国立循環器病研究センターの研究不正の記事が気になる。朝日と日経、読売を読んだ。少しずつ論調は違うが、それほど厳しい記事ではなくて一安心だった。その日は、読売の読書欄に『縁食論』(藤原辰史著、ミシマ社)の書評も載った。書評を書いた仲野と委員長の仲野が同一人物と気づく読売新聞の読者はおられるだろうかと、ぼんやりした頭で考えながら二度寝したりして、一日ゆったりすごした。

翌日の月曜日はシャキッとお仕事。夕方は、自宅から某大学の大学院講義をZoomでこなした。現地の教室とZoom視聴あわせて二〇〇名を超えるという自己レコードを記録し、気分よくリビングに移動。すると、妻が「昨日、朝日歌壇に載ったんやね」と。へ？　ホンマですか……毎週日曜日は朝日新聞の歌壇の欄を楽しみにしているのだが、先に書いたような事情で他のことに気がとられすぎて、前日は見ていなかった。でも、近所の人が喜んで伝えに来てくださったらしい。むちゃくちゃうれし〜。

「冴えわたる最終講義さわやかに散髪された永田先生」

選者は馬場あき子さん。同じく朝日歌壇の選者である永田和宏さん――歌人としても細胞生物学者としても「超」のつく一流――を詠んだ歌である。「最終講義をZoomで見ました」と永田さんにメールするより歌のほうがおしゃれかと投稿した。もちろん知り合いだ。「さ」音を続けているのと、「さわやかに」が講義と散髪のどちらにかかっているともとれるのでまぁまぁの出来かとは思っていたけれど、まさか採択されるとは。

しかし、朝日歌壇への登場、じつはこれが二回目なのである。一回目は九年近く前で、その頃は、老後に向けて短歌を趣味にしようと添削講座を受けていた。

「ネイチャーに受理されましたと涙声君より知らず君の苦労は」

論文掲載が決まった直後に、筆頭著者が真っ先にかけてきた電話について詠んだ歌である。採択してくださったのはもちろん歌聖・永田。二回とも永田さんがらみの採択なので、ちょっと下駄を履かせてもらったような気はするが、そこはまけといてください。

新聞社が違うとはいえ、同じ日に社会面と読書欄と歌壇に同一人物の名前が載るなどというのは、ひょっとすると新聞史上始まって以来の奇跡とちゃいますやろか。

なかののつぶやき

ちょっとしたことで歌人の俵万智さんとやりとりがあって、短歌に「またぜひとりくんでいただきたいです」とのお言葉をちょうだいしたことあり。それがなかったら、今回の歌は作っていなかったかもしれません。

さらば愛車

2020.08.29

　愛車（十六年もののプリウス）を手放した。以前は自動車通勤をしていたのだが数年前にやめたし、ドライブで遠出することもあまりない。この一年で使ったのは、ほとんど近所のホームセンターへ行く時だけ。経費を考えると維持するのがアホらしすぎる。

　私にとっては三台目の車だった。一生でたった三台というのはちょっと寂しい感じもするが、さして自動車好きではなくて、単なる「足」と考えるようなタイプとしては、こんなものかという気もする。プリウスの前に乗っていたのは、スバル・レガシィのワゴンだった。二十五年前、教授に就任した時、自動車通勤を主な目的に買った。その頃は子どもが小さかったので、けっこうあちこちへの遊びに使ったものだ。

　最初の車は、ハイデルベルク留学時代のフォルクスワーゲン・ゴルフだった。お手頃なオートマチックの中古車がなくて、結局、オレンジ色の車を買うことに。えらく目立つので、慣れるまではちょっと恥ずかしかった。日頃は近所への買い物だけだったけれども、一年半くらいの滞独期間中に二万キロ以上は走った。妻と小さな娘二人といっしょに、愛車であちこちへ出かけたのが懐かしい。

ヨーロッパは意外と狭い。住んでいたドイツの南西部に位置するハイデルベルクからだと、花の都パリへも、スイスアルプスの名峰ユングフラウ山麓にあるグリンデルワルトへも五時間程度で行ける。今週末は天気がよさそうだからスイスアルプスへハイキングに行こかなどと、夢のような生活だった。うんと遠出したことは二回あって、プロバンスとトスカーナ。どちらも一週間程度のドライブ旅行だったが、本当に楽しかった。自動車泥棒にあったトラブルまでもがよき想い出のひとコマになっているほどだ。

本庶佑先生をはじめ、訪問される大先生方の足としても大活躍。古都ローテンブルクまでの一日観光ドライブが定番で、何人をお連れしたことかわからない。

ゴルフが一年半、レガシィが九年、プリウスが十六年だが、ゴルフでの想い出が圧倒的だ。車そのものというよりドライブについてだけれど、どうしてこんなによく覚えているのかが不思議である。今から思えばものすごい贅沢なことだったのに、その当時はまったく気づいていなかった。人生っちゅうのはそういうことばっかりなのかもしれませんなぁ。こんなこと考えてたらえらい歳を取ったと思いますわ。

なかのの
つぶやき

ホームセンターへの買い出しが、自家用車を持たなくなった唯一の不便です。そのためだけに軽自動車を買うというのもさすがにもったいないので、リヤカーの購入を思案中。でも、通行のじゃまになりますかねぇ。

もしもピアノが弾けたなら

2020.10.31

我が家にはピアノがある。しかし、今では孫が適当に音を出すうるさいおもちゃに成り果てている。このピアノが購入されたのは六十年前、ひとつ違いの姉のためだった。その頃の大阪の下町、ピアノを習う男子などほとんどいなかったのだが、姉といっしょに習っておけばよかったと今頃になって後悔している。

そんなことを思ったりするのはテレビのせいだ。置かれている場所によって、「駅ピアノ」、「空港ピアノ」、「街角ピアノ」とタイトルは違うけれど、いずれもＮＨＫ ＢＳで放映されている番組である。誰でも自由に弾けるピアノがあって、カメラが据えられている。演奏の映像に、まず曲のタイトル、作曲者と作曲年。そして、弾いているのはどういう人で、その場所に来た理由、ピアノを始めたきっかけやピアノ歴、弾いている曲の想い出などが簡単なテロップで流れる。ラストは短いインタビューで、弾いていた人が、その曲、音楽やピアノへの思い入れなどを語る。十五分番組で七〜八人が登場といったところだろうか。それだけの構成の番組なのだがいつもじつにいい感じである。

失礼ながら、え、こんな人がピアノを弾くのかという見かけの人も多い。場所柄や編集もあるだろうけれど、男の人のほうが多そうだ。自作の曲を弾く人もいれば、独学の人もいる。もちろん譜面なしが多いのだが、みんな上手い。この番組を見ていると、音楽という文化に対する姿勢が日本と外国では大きく違うような気がしてならない。

何年かの後、街角ピアノに登場する私。「仲野徹さん、ピアノを弾くためだけにここへやってきた。ピアノを習い始めたのは大学の教授を定年退職した六十五歳の時から。今は文字通りの晴耕雨読で、ときどき本を書いている。『この番組に出るのが夢でピアノを始めましたけど、この曲しか練習してないんで、これしか弾けませんわ』と笑う」というテロップが流れる。弾き終わって、「いやぁ、これで夢がかないました。もう、いつ死んでも悔いがありません」と爽やかにほほえみながら語る映像が流れ、そこへテロップがかぶさる。「撮影の一カ月後、ご家族から連絡があった。仲野さんは、『街角ピアノで弾くことができて本当にうれしかった。もしあれが放映されたら、画竜点睛《がりょうてんせい》、完璧な人生や』と、おだやかにお亡くなりになられたそうだ」。とかになったら最高かも。

まぁ、ありえない話ですけど、こうなったりしたら、むっちゃええことないですか？

なかの
のつぶやき

街角に素人がパフォーマンスをしていいコーナーとかあったら面白くないですかね。もしあれば、習ってる義太夫を語ったりして。「うるさいっ！」、「やめてくれっ！」とか罵声を浴びてもいいからやってみたい。

第十章

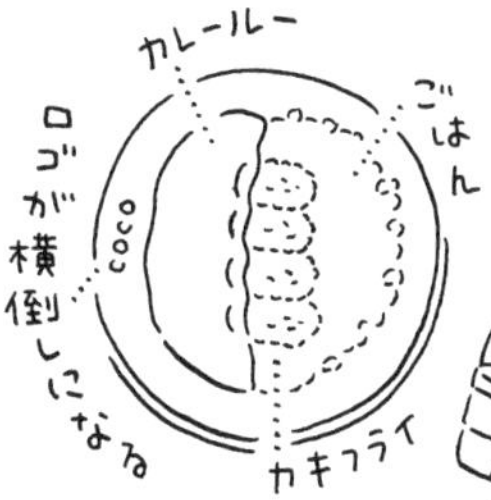

私はおせっかいおじさん

車内餃子テロ

2018.03.31

電車の中で迷惑だと思うことがいくつかある。まず、車内での携帯電話。だいたい、世の中にそんなに急ぎの電話があるとは思えない。ほとんどは、降りてからコールバックしたら済むような用事とちゃうのか。出るのはいいとしても長々と話をするな。背負った大きな荷物も迷惑だ。バックパックを愛用しているが、電車に乗る前には必ず手持ちにして、よほど空いていても車中では背負わない。それくらい常識やろ。小さな孫もいることだし、子どもに対しての許容度は高いほうだと思っている。しかし、号泣しているのに満足にあやさないような親、子どもが騒ぎまくっているのにスマホに熱中している親などにはさすがにムッとしてしまう。

通勤車内で食事をする人がいる。中には、毎日食べている人まで。中高生くらいまでだと目をつぶってやってもいいが、中年のおっさんにもけっこうおる。行儀が悪すぎるやろ。もちろん長距離列車では、食事をしてもいい。しかし、それもモノによる。

新大阪駅には、大阪名物551蓬莱《ホーライ》の豚まんが売られている。それを、無神経にも新幹線車内で食べる輩《やから》がおる。ホカホカの豚まんはかなり匂うので、周囲への迷惑から

「豚まんテロ」とまで呼ばれている。まぁ、そこまではギリギリ許してもいい。

東京へ行くのぞみ車内でのことだ。新幹線だけはグリーン車に乗るので、たいがい隣は空席である。しかし、その日は運悪く停電事故があって二時間も遅延。そのあおりで満席だった。隣に座った兄ちゃん（といっても四十歳くらい）が、おもむろに取り出したのは餃子《ギョウザ》の箱。一瞬、目を疑った。はぁ？　豚まんなら、事情のわからんと〜きょ〜もんが食べることもありえる。しかし、餃子である。さすがにそれは反則とちがうんか。

一応は気にしているみたいで、一個取っては紙箱の蓋を閉じ、食べ終わったら、また蓋を開ける。そんな気を遣うくらいなら、初めから持ち込むなよ。それに、そういうことを繰り返されると、匂いが断続的に漂ってくるので、いつまでたっても慣れない。蓋は、いっそ開けっ放しのほうがましである。迷惑と思うのなら、しょうもない気なんぞ遣わずに、ひとことスンマセンとか言うたらどうや。よほど注意してやろうかと思ったけれど、そんなことしたら、到着までの時間、お互いに不快な思いをしなければならんので我慢した。そのかわり、ここで鬱憤《うっぷん》を晴らしておる。

なかののつぶやき

一度だけですが、新大阪から東京までの間、隣に座った見知らぬおじさんに延々と話しかけられ続けたことあり。迷惑っちゅうたら迷惑やったのですが、すごく話題の豊富な人だったので、けっこうおもろかったです。

おせっかいおじさん宣言

2020.01.18

正月二日、近所の回転寿司屋さんに予約してあったお寿司を取りに行った。二〇人近くの人が団子状になって待っている。十二時前というのに、まだ十一時の受け取り分が渡されていて、雰囲気がむちゃくちゃに悪い。どうしてかしらんと見てみると、二～三人のお姉さんでやっているのに、段取りが最悪だ。レジが一台しかないにもかかわらず、レジ打ちのお姉さんがお客さんの呼び出しや苦情聞きもしている。あかんやろ。

お正月からイライラしたくないし、うるさいおっさんと思われたくもない。なので、とりあえずは静観することに。そうしているうちに、あつかましいおばさんが登場して、店長を呼びつけ、自分のを先にしろと交渉し始めた。さすがにそれは通用せんやろうと思っていたが、なんとそれに応じてるやないの。驚いたのは周囲の人もいっしょで、文句いうたら先にしてもらえるんか、と店長に詰め寄っていく人まで出る始末に。気持ちはわかる。しかし、そんなことをしても待ち時間は短縮されない。

店長が出てきたので仕切ってくれるかと思いきや、お待たせしてスミマセンと謝るだけでまったく埒《らち》があかない。雰囲気がどんどん悪くなっていく。お客さんたちは、レジが手を休めるから進まないとか、ひそひそ話をしてるだけ。ここで我慢が限界に。「レジ係は他のことをせんとレジを打ち続けなあかんやろ」と厳しく指導。そうだそうだと、周囲のお客さんから賛同の声があがるかと期待したが、なかった。でも、そのお姉さんは素直にレジ打ちに専念し始めた。えらい！　先の客の支払いが終わってから次の客を呼ぶのもあかんやろ。どんな順番かわからないし、時間の無駄だ。で、レジ横に入った店長に「渡す順番、三〜四人先まで呼んだらどうや」と二つ目の指導を出した。

ここまできたら、ついでである。「話しかけるのは、レジのお姉さんと店長以外にしてください」とお客さんにお願い。我ながらおせっかいなおっさんだ。しかし、信じられないほどスムーズに人がはけ始めてびっくり。気分は「渋滞学」の権威である。

昔の下町はこんなではなかった。えらそうな物言いになるが、ちょっと人間が劣化してきてるんとちゃうんかと思わざるをえなかった。店の人は問題外だが、お客さんだって、ひそひそブツブツ言わずに、ちゃんとした注文をつけたらええやないか。

嫌われてもええから、これからはおせっかいなおっさんとして生きていく。

なかののつぶやき

「あつかましい」「いらんことを言う」「うるさい」「ええ加減」「おせっかい」を大阪のおばちゃんの「あいうえお」と名付けています。今回の「おせっかい」を契機にして、私もこの「あいうえお」路線に突入です。

（愛）妻弁当

2020.04.18

昼食はお弁当を持参している。上の娘が中学校に入学して以来ずっとだから、かれこれ二十年以上になる。下の娘が高校を卒業した時点で、私の分だけになるから、もうやめてくれてもええよと伝えたのだが、それからも毎朝、妻が詰めてくれる。

誰に話しても、愛妻弁当ですね、と言われる。枕詞《まくらことば》か……。けれど必ず、「ちがいます、妻の弁当です」と訂正している。しかし、これについて（だけ？）は、妻に心から感謝している。ＢＭＩを二四以下に保てているのは昼食をお弁当にしているおかげである。

というのも、かなり小さめのお弁当箱を使っているからだ。コンビニ弁当の多くは高カロリーである。もちろん低めのカロリーのお惣菜などでまとめることもできるけれど、そうすると何故かえらく高くつく。おかずに揚げ物とかが多いせいで高カロリーになっているのだと思うが、コンビニ業界は少しまともに考えていただきたい。安くて低カロリー、かつ美味しいお弁当が売り出されて主流になったら、生活習慣病の率が低下して、かなりの経済効果があるのではないかと真剣に考えている。

バックパックでの通勤なので、あまり底面積の大きなお弁当箱は不可である。だから、歴代お弁当箱のすべてが二段重ねだ。ずっとプラスチック製のやつを使っていたのだが、四～五年まえからはステンレス製のフードキャリアーというのを使っている。直径一五センチくらいの円筒形で二段重ねになっているやつ。インドではカレーをいれて運ぶこともあるので、インド式弁当箱ともいうらしい。これはもうバツグンにいい。

金具でしっかり留めるようになっているのでパッキンがない。にもかかわらず、密閉性が高くてまず内容物が漏れたりしない。そして、手荒に扱っても傷つかない。なによりも、不思議なことにこれで食べると他のお弁当箱よりも明らかに美味しく感じる。

ステンレスだけれど完全な円筒形なので、電子レンジにかけられない訳ではないらしい。けど、お弁当を温めるために、危険をおかすのはイヤだ。なので、これにしてからはずっと冷や飯食いだった。しかし今は違う。電磁式ではない昔ながらのホットプレートの小さいやつ、保温トレイなるものを導入した。試行錯誤の末、というほどではないけれど、温めの適正時間もわかったので完璧である。

愛妻弁当あるいは妻弁当のみなさんにぜひお勧めしたいセットのお話でありました。

なかの
つぶやき

ある弁当持参者に、恐妻家なのに弁当箱を洗わないのはどうしてなのか尋ねたことがあります。「弁当箱を洗わせるような恐い妻だと思われたらダメなので外では洗うな」と命じられているとか。真の恐妻家はすごいです。

ノスタルジアはほどほどに

2018.05.05

病理学の講義では、医学英単語の接頭辞や接尾辞の説明をよくする。そのあたりを理解していたら、医学用語のボキャブラリーが飛躍的に増えるからだ。数ある中、いちばん好きなのは -algia である。アルジア、なんとなく響きがよろしい。多くの接辞と同じくギリシャ語の由来で、語源である álgos は痛みを意味する。

神経、筋肉、関節の痛みは、それぞれ、neuralgia、myalgia、arthralgia である。加えて、nostalgia ノスタルジアも説明する。Google でこれらの言葉を検索してみると、順に、七二八万、二二四万、一八七万、一八九〇万ヒットだから、予想通り nostalgia の圧勝だ。

その接頭辞 nóstos もギリシャ語で、「故郷を思う」の意味。故郷を離れて闘うスイス傭兵《ようへい》に生じる精神・神経障害を表すため、十七世紀に作られた言葉らしい。ご存じのとおり、今や病名ではなく、望郷、あるいはより幅広く懐旧を意味するようになっている。

いまどきにしては珍しく、六十歳を超えても生まれた場所に住み続けているので、望郷の念とは縁がない。しかし、懐かしい場所というのはいくつもある。たとえば、通っていた学校がそうだ。残念ながら、何十年も前の学舎はほとんど残っていないけれど。

昔馴染みだった酒場もほぼなくなってしまったのだが、ひとつだけ残っている。いや、残っているはずだった。バー「N」のマスターと知り合ったのは彼の修業中の店だったので、二十年以上も前のことだ。十数年前に独立されてから、ずいぶんと足繁《しげ》く通った。ところが数年前、急に閉店になり、風の噂に亡くなられたと聞いた。そして、お店は居抜きで買い取られたということだった。懐かしい空間を再訪したいと思いつつ何年もたった。ノスタルジアだ。しかし、行きたいという気持ちと、Nさんの立っていた場所に他の人が立っているのを見たくない気持ちを秤《はかり》にかけてずっと後者が勝っていた。

初めてのバーに一人で入るだけでも勇気がいる。少し迷ったけれど、エイヤッと入ってみた。内装はなんとも中途半端に変えられ、大きなディスプレイが備えつけられるなど、店の雰囲気はまったく変わっていた。仕方のないこととはいえ、とても哀しかった。バーテンさんには何も聞かず、昔と同じスコッチを二杯飲んで外に出た。

nostalgiaは、ぼんやりと抱いているのがいいのかもしれない。確かめてみたら、他の-algiaと同じで、単に痛いだけになってしまうかもしれないのだから。

なかののつぶやき

Nさんとその師匠には、バーでは背筋を伸ばすとか、決して肘《ひじ》をついてはいけないとか、いろいろと教えてもらいました。いまだに、そういった言いつけを厳守しています。ただし、酔っ払うまでの間限定ですけれど。

ジャパネットなかの

2019.12.21

　十二月の中頃から下旬が、家も仕事場もいちばん散らかる季節である。ふだんはそこそこ小まめに片付けるのだが、師走《しわす》の声を聞く頃になると、どうせ年末大掃除があるからええわ、という気分になるからだ。

　窓ガラスのように年に一度しか綺麗にしない物もある。教授室の窓ガラスは四面だけなのでたいしたことはないが、家はベランダの大きなガラスがあるから結構大変だ。

　ガラス掃除にも流儀があるだろうけれど、長年、ほら、あの、T字形で、ゴム製のブレードのついてるやつを使っていた。今さらだが名前を知らんかった。調べてみたら、正しくはスクイージー（squeegee）というらしい。スクイーズ、「しぼる」だ。

　ガラスクリーナーを窓に吹き付けて、スクイージーでそれをあらかたぬぐい取る。それから布で綺麗に拭き取るというやり方がベストと思っていた。とはいえ、スクイージーを上手に使うにはかなりの力が必要だし、跡を残さないように布で拭き取るのは結構面倒だ。しかし、その悩みは、二〜三年前にある道具を購入して一気に解消された。

　それは電動スクイージーとでも呼ぶべき製品だ。電気で動き回る訳ではない。ゴムのブレードがカネゴンの口みたいになっていて、そこから、電気掃除機のようにガラスクリーナーの溶液を吸い取るのである。怪獣カネゴン、わかりませんか？　まぁよろし。

ともあれ、正式名称が窓用バキュームクリーナーという製品だ。発想がユニークすぎる。ホームセンターで見かけた時、なんじゃこれはと思った。うまく働くかどうかがかなり疑問だ。買って帰って役にたたなかったら妻に叱られること必至の製品である。沈思黙考すること五分。勇気を持って買うことを決断した。決め手はドイツの清掃機器メーカーの製品であること。お掃除好きのドイツ人が思いついて商品化したのだから大丈夫だろう。それに、同じメーカーの高圧洗浄機は重宝している。

使ってみて感動した。むちゃくちゃいいのである。ガラス拭きに要する時間が三分の一から四分の一に短縮された。スクイージーのように力を入れなくていいし、布で拭き上げる手間がほとんど不要である。それに、できあがりがとても美しい。

以来、大掃除シーズンになると皆に薦めまくっている。なんと、ガラス拭きが楽しくなる画期的製品です。今年の大掃除にはぜひ導入してみてください！

なかののつぶやき

このオリジナリティーあふれるマシンは本当に抜群で、同僚の某教授に紹介したところ、「仲野先生に薦められたものを褒めるのは気に入らんけど、これは本当に素晴らしい」という、不愉快な絶賛を受けたくらいです。

わたしのカレーは左かけ

2021.01.09

しょうもないところで神経質というか、気になって仕方ないことがある。たとえば靴下のワンポイント刺繍《ししゅう》である。片側にだけ付いているやつは、外側に向いていなければ絶対にイヤだ。うっかり間違えていることに気付けば、所かまわず即座に履き直す。

それから財布のお札。向こうのほうから、きちんと一万円札、五〇〇〇円札、一〇〇〇円札の順。それも、天地・前後が揃っていて、顔が逆立ちせずにこちらを向いてくれてなかったりすると気持ちが悪くて仕方がない。これも、入れる時に細心の注意を払う。大阪弁でいうところの「かんしょやみ」、癇性病みである。

ひさしぶりにカレーのCoCo壱番屋へ行った。メニューが豊富なのでしばし熟考。季節物だし、牡蠣《かき》フライカレー、チーズトッピングを頼んだ。行儀よく牡蠣フライが四つ、白いご飯の上に並んでいる。お皿はまん丸で、そのふちに一カ所だけ「CoCo壱番屋」のロゴがはいっていた。下手くそなスケッチだけれど、図のような配置である。

手前がルー……、絶対あかん。私はルーが左側にないと落ち着かないのだ。お皿を回せばいいではないかとおっしゃるだろう。しかし、お皿を時計方向に九〇度回すと、ロゴの向きがおかしくなる。先に書いたような性格だから、それもなんだか気に入らない。

う〜ん、どうしようかとしばし熟考、アゲイン。結局、ロゴの向きの気持ち悪さをがまんして、ルーを左側に置いて食べた。しかし、終始なんとも落ち着かなかった。

このカレー屋さん、辛さやご飯の量、トッピングなど、細かに聞いてくれるのがありがたい。そこまでするのなら、ぜひ、カレーのかけ方も、左かけ、右かけ、向こうかけ、手前かけ、の四種類から選ばせてほしい。きっとニーズはあるはずだ。ないか……。

その点、大阪名物のインデアンカレーは強引だ。ロゴ付き楕円形のお皿だが、ルーは中央に盛られたご飯の真上からかけられる。なので選択の余地などまったくない。

カレーじゃなくて、お弁当ならば自分の好きな向きに置くことができる。横浜名物、崎陽軒《きようけん》のシウマイ弁当の場合は、もちろんカレーと同じ横置き、右側ご飯だ。おかずの卵焼きとかまぼこの向きから、それが正しいとばかり思っていた。しかし、「縦置き＋ご飯手前」派が過半数らしい。それに、包装紙の印字も確かにその向きだ。う〜ん、世の中のことがようわからんようになってきてしもたわ。って、ちょっとたいそうか。

なかののつぶやき

牡蠣フライカレー、こんな感じでした。ところで、「わたしのカレーは左かけ」が麻丘めぐみ往年のヒット曲にかけてあるとわかるのは、五十代以上の人だけでしょうね。

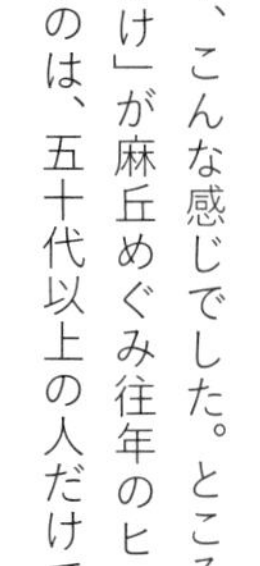

棚からぼた餅

2020.11.07

棚からぼた餅、略して棚ぼた。誰もがあってほしいと思うが、そうそう経験するものではない。しかし、絵に描いたような棚ぼたが本当にあるということを知った。といっても、棚からぼた餅が落ちてきて口に入った、という話ではない。って、当たり前か。

身近な人に起こったノンフィクションだ。ある日、とある南の島から内容証明郵便が送られてきた。分厚い封筒で、裏側には弁護士・何の某《なにがし》という差出人の名前がある。その島に行ったことはあるけれど、数年前のことだし、もちろん罪を犯した記憶はない。開けてビックリ玉手箱。その知人（以下、Aさんとします）の父方の祖父のお兄さんが亡くなられた。資産が一億円近くあるけれど、子どもはいない。なので、その大伯父さんの四人の兄弟姉妹に相続権が移行する。しかし、すでに四人とも亡くなっているので、その四人の子孫の家系それぞれに、土地売却などの必要経費を引いて均等割りした遺産をお譲りしたい。ついては、書類に実印を押印の上、印鑑証明といっしょに返送してほしい、という手紙が入っていた。

Aさんから相談を受けた。これは新手の詐欺ではないかと。そりゃ疑うのが当然だろう。映画やテレビドラマならいざ知らず、こんなにおいしい話が本当にあるとは思えない。実印と印鑑証明で何か企てられていると考えるのが、常識ある大人の態度だ。その書類を見せてもらったら、えらくきちんとしている。Aさんは、その大伯父さんに会ったことはおろか、そんな人が南の島にいるという話すら聞いたことがなかったという。

しかし、添付の家系図には、Aさんの名前だけでなく、その姉弟の名前もしっかりと書いてある。もちろん正確だし、住所もわり出されている。それでも心配なので、弁護士をしている義弟に真贋《しんがん》の判定を依頼した。すると、確かにその名前と住所で弁護士登録がされているし、内容的にも問題はないという。おぉ素晴らしいではないか。

三人姉弟で千数百万円だから、テレビドラマに比べると一桁から二桁少ない。とはいえ、一人あたり約五〇〇万円もの完璧なる不労所得が振り込まれてくるのだ。これを棚ぼたと言わずして何を棚ぼたと言うのか。いやぁ、ホンマにこんなことがあるんですね。

このようなお金は人間をダメにするから、まずはどこかに寄附でもして、その残りは私を含む周りの人を誘って豪遊すべきだと、Aさんには強く勧めております。

なかの　のつぶやき

戸籍がしっかりしているからでしょうか、弁護士とはいえ、第三者が、生前にまったく関係のなかった親戚の住所まできちんと調べ上げることができるのには驚きです。ちょっと気色悪い感じすらするんですけど。

お札の顔

2019.04.27

令和六年に、一〇〇〇〇円札の顔が野口英世から北里柴三郎へとバトンタッチされることが決まっている。医学者の肖像を紙幣に使うのなら、野口より北里こそがふさわしい、とかねてから考えていたので、快哉《かいさい》を叫びたいほどだ。野口は明治九年（一八七六年）、北里は嘉永五年（一八五三年）の生まれなので、北里のほうが二十三歳年長である。短い期間だが、野口は、北里が設立した伝染病研究所（東京大学医科学研究所の前身）で外国図書係として働いていたという縁もある。

精神疾患と考えられていた進行麻痺の原因が梅毒スピロヘータであることを突き止めた野口の業績は特筆に値する。しかし残念ながら、野口の研究は、黄熱病スピロヘータ説や梅毒トレポネーマの培養など、後になって誤りであったとわかったものが多い。

対する北里は、ロベルト・コッホの研究室に留学中、破傷風菌の培養法を確立し、その毒素が発病に関係することを発見した。そして、破傷風菌毒素に対する耐性の研究から、その機能を中和する物質、抗毒素（＝抗体）が産生されることを見出した。

誰も想像だにしなかったし、すぐに病気の治療に使える超弩級《どきゅう》の発見であった。同じやり方をジフテリア菌に応用した北里の同僚エミール・フォン・ベーリングが第一回ノーベル生理学・医学賞に輝いたことからも、いかに画期的だったかがわかる。

現在のノーベル賞選考基準からすると、最初にその原理を見つけた北里の受賞、あるいは、すくなくとも共同受賞になるはずだ。なんとも釈然としない。そして、もし受賞していたら日本のノーベル賞に対する姿勢は大きく違ったものになっていただろう。

帰国後は、伝染病研究所、北里研究所の設立、慶應義塾大学医学科（後の医学部）の創設と初代科長就任、日本医師会の創設、などと、研究だけではなく社会的な活動においても八面六臂《はちめんろっぴ》の大活躍だった。日本医学界に燦然《さんぜん》と輝く巨星である。日本医学史における空前絶後の偉人と断定して間違いなかろう。

伝染病研究所の東大への移管問題騒動や、芸妓をめぐるスキャンダルなどもあって、北里の伝記は野口のそれに劣らぬ面白さである。これまで野口に比べて北里のことがあまり知られていないのが不思議だった。紙幣の顔になるのを契機に、大偉人のことが多くの人に知られるのがとてもうれしい。

なかの
つぶやき

伝記が大好きで『生命科学者たちのむこうみずな日常と華麗なる研究』（河出文庫）という本まで出しており、野口のことも北里のことも詳しく取り上げています。興味ある方はぜひお読みください！　ハイ、宣伝終了です。

高度なあだ名

2020.10.17

レジ袋が有料化された。安いものなので別に買ってもいいけれど、なんとなく心理的抵抗感がある。なので、エコバッグを持ち歩いて使うようにしている。

しかし、どうしてエコバッグというのは、いまひとつデザインが不細工なんだろう。それに、自分で詰めると、レジの人にやってもらうより時間がかかってもたもたする。この前なんか、うしろに並んでいる人が気になり、早くしようと精算前の商品をエコバッグに入れそうになって、あわや万引き犯になってしまうところだった。あぶない。

エコバッグに入れにくいものもある。たとえばお弁当。入れられないことはないが、縦に入れるとおかずがごちゃごちゃになってしまう。特に悩ましいのが駅弁である。

出張帰りに、東京駅コンコースの「駅弁屋 祭」をよく利用する。全国の有名駅弁が並んでいてかなり楽しい。そこから新幹線のプラットフォームまで歩いて二〜三分。食べ終わったらすぐゴミにしてしまうのがわかっているのにレジ袋を使うのはなんだかなぁという気がする。だから、いつも「いりません」と言う。そして、弁当を水平に持ったまま移動。歩く姿がまぬけ感にあふれているような気はするが、いたしかたなし。

そうやって歩いていて、久しぶりに曾祖父のことを思い出した。といっても、会ったことはない。その昔、祖母に聞いた曾祖父の傑作なあだ名を思い出したのだ。

小学校の校長だったが、昔のことなので給食などない。毎日、風呂敷に包んだ弁当を持って通勤していた。その包みを両手で水平に持ちながら、厳格な教育者らしくそろそろと歩く。さて、その姿からついたあだ名は何だと思われます？　こぼさないように歩いているから中身はおかゆではないかと「おかゆ弁当」。気の利いた悪ガキがつけたのだろうか。なんとも絶妙なネーミングで笑える。

高校生くらいまでは、同級生をあだ名で呼ぶことがよくあった。イヤリング好き女子は「イヤちゃん」とか、なんかいらんことをして「鉄砲で撃ったろか！」と怒鳴られた奴は「てっぽう」とか、由来を聞かないと絶対的に意味不明なのもたくさんあった。

最近はあだ名がイジメにつながると心配されているそうだ。確かに、呼ぶほうは何気なく使っても、呼ばれるほうがイヤなことだってあるだろう。でも「おかゆ弁当」みたいに高度なやつまでなくなったらちょっと寂しいことないですかね。

なかののつぶやき

引退後のあだ名を禿心斎にしようと思っています。読みはもちろん「とくしんさい」。髪の毛がなくなっても、それを心から得心して受け入れている。なんとなくええおじいちゃんっぽい感じがしたりしませんか。

おわりに

　ここまでお読みいただき、本当にありがとうございました。お楽しみいただけましたでしょうか。もしかすると、よくこんなしょうもないことを考えてきたなぁとか、よくこんないろんな経験をしてきたなぁとか、思われているかもしれません。確かにそうなんです、自分でもそう思っているくらいですから、間違いありません。『利己的な遺伝子』で有名なリチャード・ドーキンスは、その自伝の中で、面白い人は面白い出来事や話に遭遇しやすいのだろうか、と問いかけています。ドーキンス先生に教えてあげたい、決してそんなことはありませんよと。

　面白い出来事や話に遭遇する頻度は、面白い人であろうがなかろうが、誰にとってもそう変わらないはずです。でも、エッセイを書き始めてから、明らかにその頻度が上昇しました。エッセイのネタにするため、世の中はおもろいはずだと信じる姿勢と、おもろそうな匂いがする方向に進む習慣を心がけたおかげだとしか考えられません。そういった意味では、エッセイを書く習慣というのは人生を豊かにする優れた方法にちがいありません。

「はじめに」は、エッセイ集を出すのはちょっとえらそうではないか、という話から始めました。もうひとつ、エッセイ集の出版というのは少なからず恥ずかしいことでもあります。本を出すこと自体ではなく、内容を読まれることが恥ずかしいのです。なんやそれはと思われそうですが、それぞれのエッセイには、モンテーニュ(「はじめに」に引き続き登場)に比ぶべくもないとはいえ、自分の考えがにじみ出ています。なので、いわば、脳の中を覗かれているような気がするのです。

雑誌連載中に、大先生を含むいろんな人から、エッセイ楽しみにしてますと言われることがありました。どれくらい読まれているかがわからないので、そういった直接の反応はすごく嬉しいのですが、それ以上に、いやいやそれは堪忍してくださいと恥ずかしくなってしまうことばかりでした。

それやったら、なんで出版すんねん、と叱られそうですが、そこは『笑う門には病なし!』、いうてみたら、単に笑ってもらいたいからという大阪人精神のなせるワザといったところでしょうか。こういう事情なので、読みながらその内容に感心はしてもらわなくていいのですが、笑ってもらえなくては困るのです。はたして、私の目的は達成されていましたでしょうか。

この本の編集では、おもろいエッセイの厳選を含め、ミシマ社の野﨑敬乃さんにお世話になりました。また、連載では、日本医事新報社の山崎隆志さんと清井弘子さんにお世話になりました。「はじめに」に書いた山崎さんのお声掛けがなければ、この本が生まれることはありませんでした。

来年、令和四年の三月で六十五歳の定年を迎えます。以後は、家の畑で農作業をしながら、晴耕雨読、ときどき物書きの生活を営む予定にしています。こうやって単行本にしてもらえたことだし、さすがにネタも尽きそうだし、定年を機に雑誌での連載は終了するつもりです。でも、エッセイを書かなくなったら、面白いことが激減して、一気に老け込んでしまうかもしれません。なので、定年後は、モンテーニュ（また出た！　じつは心のライバルかも……）が樅《もみ》の巨木の生い繁る城館で思想を深めていったように、とは絶対いきませんが、畑仕事をしながら、一生懸命おもろいことを考え、自由気ままにエッセイを書き続けていくつもりです。

そのうちどこかで、拙「笑エッセイ」がお目にふれることもあるかと存じます。その時に、わぁ、このおっちゃん相変わらずやなぁと、呆れてもらえるようにがんばります。と、高いのか低いのかわからない志を宣言して、この本はおしまいにいたします。本当にありがとうございました！

二〇二一年七月

仲野徹

本書は、日本医事新報社が発行する
『日本医事新報』に
「なかのとおるのええ加減でいきまっせ！」
と題して連載されたものから、
二〇一八年二月〜二〇二一年三月に掲載された
七七本を再構成し、加筆・修正したものです。

仲野 徹

なかの・とおる

1957年大阪生まれ。大阪大学医学部医学科卒業後、内科医から研究の道へ。ドイツ留学、京都大学・医学部講師、大阪大学・微生物病研究所教授を経て、2004年から大阪大学大学院・医学系研究科・病理学の教授となる。2012年には日本医師会医学賞を受賞。著書に、『エピジェネティクス』（岩波新書）、『こわいもの知らずの病理学講義』（晶文社）、『仲野教授の そろそろ大阪の話をしよう』（ちいさいミシマ社）、『考える、書く、伝える 生きぬくための科学的思考法』（講談社+α新書）など多数。

仲野教授の 笑う門には病なし！

2021年 8月30日 初版第1刷発行
2021年11月12日 初版第2刷発行

著 者 仲野 徹

発行者 三島邦弘
発行所 株式会社ミシマ社
郵便番号 152-0035
東京都目黒区自由が丘2-6-13
電話 03-3724-5616 FAX 03-3724-5618
e-mail hatena@mishimasha.com
URL http://www.mishimasha.com/
振替 00160-1-372976
装 丁 鈴木千佳子
印刷・製本 シナノ印刷株式会社
組 版 有限会社エヴリ・シンク

ISBN 978-4-909394-56-9